不可以用超能力談戀愛

01

本作女主角，高一生。身材嬌小、臉蛋甜美，個性卻極其惡劣的傲嬌蘿莉。擁有超能力，是班上唯一知道藍士仁秘密的人。
黃苾婷

藍士仁

本作男主角，高一生。表面上是個叱吒風雲的陽光男孩、迷倒無數女同學甚至連女老師都拜倒在其雄性魅力之下的萬人迷，興趣是打籃球、唱歌。實際上是喜歡躲在黑暗的房間裡玩戀愛養成遊戲的電玩宅。

蕾姆・蒂絲娜

身材姣好、成熟性感的外國女生，總是向藍仕仁問路。

CONTENTS

第一章

不可以用超能力談戀愛

綠葉擁抱著燦爛的陽光，放眼望去無邊無盡的稻田，金黃色的稻穗隨風飛舞，田邊的水溝清澈得能看見裡頭的小魚苗和蝌蚪，夏日的微風彷彿輕撫在牠們臉上，給人一種幸福溫暖的感覺。

公園大樹下，女孩及腰的金髮光澤亮麗，比陽光還來得耀眼，她白皙甜美的臉蛋上泛著紅暈，好像蘋果似的，令人看得入迷。

「相處了這麼長一段日子……我想告訴妳，我喜歡妳……我們在一起，好嗎？」

陽光透過綠葉灑在男孩臉上，說這句話時，男孩瞇了眼睛、用盡所有的勇氣。

女孩眼角泛出淚光、臉頰變得更紅潤了，青澀、害羞的模樣映在男孩眼裡，真的好美、好可愛，如果兩人能順利在一起……他一定是世界上最幸福的人了。

「嗯……我願意。」女孩揚起一抹燦爛的笑容，抱住男孩。

輕快的音樂響起，畫面是男孩和女孩互相擁抱著，一副幸福洋溢的模樣，工作人員、遊戲公司、原作者的名字以跑馬燈的方式浮現在螢幕上。

「啊～什麼難度最高的戀愛遊戲嘛，還不是一個晚上就被我攻略了啊！」關上電腦螢幕、打了個大大的哈欠，外頭刺眼的陽光穿透窗簾，灑進我昏暗的房間內。

「熬夜玩了整晚的戀愛遊戲，真夠累人的……趕緊來睡一下吧。」看見鏡中自己大大的黑眼圈，我決定拖著疲憊的身軀蜷在床上好好睡一覺，任誰都別想吵我！

「睡個頭啦——藍士仁，你給我起床！」

「碰！」

一聲巨響，房門被粗魯地踹開，陽光隨著斥喝聲闖進我黑暗的房間內，一瞬間我還以為自己的眼睛要被那該死的陽光閃瞎了。

「媽，我整晚沒睡耶！」我慘叫，只見一頭俐落短髮的老媽穿著筆挺的西裝，一副女強人的模樣，手上卻拿著極為居家的黑色平底鍋，給人一股強烈的反差感。

聽見我說整晚沒睡，老媽更是生氣，捏著我的耳朵怒罵：「今天開學，你竟然整晚沒睡覺？」

「什麼？」我大吃一驚，睜大因為睡眠不足而布滿血絲的雙眼，不敢置信地問：「今天開學日！開學日不是十九號嗎？」

「今天就是十九號啊，你日子過到哪裡去了？」老媽一邊啐唸、一邊拉開房間的窗簾，讓刺眼的陽光照進我的房間內，然後打開衣櫃翻出學校的制服，扔到我目瞪口呆的臉上，接著就開始幫我整理起房間了。

「不可能啊，昨天不是才十一號而已嗎？」我緊抓著學校制服、手汗不停地流，一時間很難接受這個殘酷的事實，「十一號我才跟能菊一起去遊樂園的啊！」

「能菊是誰啊？」

真不愧是一手兼顧事業與家庭的強人老媽，轉眼就將我凌亂的房間整理得乾乾淨淨、整整齊齊，好像剛進飯店的房間一樣，令人不敢直視。

「能菊就是《臉紅心跳校園戀愛篇》第二季的女主角啊！」我用一副「妳是原始人嗎？連這個都不懂！」的表情看著老媽。

「你就是成天玩那什麼戀愛遊戲才會連現實的時間都搞錯啦！趕快穿上制服來吃早餐、準備上課了！」

老媽越來越像原始人，拿著手中的平底鍋對我揮舞、咆哮，一般人看到這幕，應該很難想像她是大型公司的副總吧。

「啊啊啊我不要上課、我要睡覺啦，誰管妳這麼多啊！」我的眼皮好像鑲鉛了一樣重，

01 不可以用超能力談戀愛

如此疲憊的身體怎麼去上課啊？

老媽手扠在腰上，不耐煩的說：「藍士仁，立、刻、準、備、去、上、課！」

「只不過是母親的角色而已，這種 R20 系列的重口味遊戲我早就不放在眼裡了……信不信我攻略妳啊人妻！」我失控地向老媽喊道。

「匡咚！」

嗯，看來是我先被老媽手上的平底鍋攻略了。

隨便吃了早餐後，我拿起書包趕往候車站等校車的到來。

整個早上手忙腳亂的，加上一整晚沒睡，導致我的狀況十分不好。

咳，趁著校車駛往學校的這段路途中，先來自我介紹一下。

我叫藍士仁，今年高一，身高一百八十三公分，外表高大、英俊，簡單俐落的灰棕色短髮、深邃迷人的眼眸、挺拔的鼻子，還有電力十足如太陽般的招牌笑容。

沒錯，我就是在國中時叱吒風雲的陽光男孩，迷倒無數女同學，甚至連女老師都拜倒在我雄性的魅力之下，表面上的興趣是打籃球、唱歌。

為什麼說是表面上？

因為這是我給自己的角色定位——熱愛運動、體貼溫柔的陽光男孩。

其實我超討厭打籃球、一點也不陽光、更討厭刺眼的太陽。對我來說，躲在黑暗的房間裡玩線上遊戲、戀愛養成遊戲才是最大的享受。

不過人生就像一場遊戲——戀愛養成遊戲，所以我必須給自己一個定位。

在所有戀愛遊戲中最吃香的角色，無非就是運動健將的男主人翁！

於是，為了讓漫長人生中的學校生活篇能過得精采絕倫，我不得不放下電玩宅的真面目，扮演起運動健將、陽光男孩這個討人喜歡的角色。

○●○●○●○

準時到了學校後，趁著第一堂課開始前，我衝進男廁對著鏡子整理儀容。

因為搞錯開學日的關係，竟然犯了熬夜的大錯，整晚沒睡導致臉色難看、黑眼圈又深，臉頰還冒出一顆不明顯的青春痘。

媽呀！戀愛養成遊戲中最重要的就是第一印象啊！

我現在的狀況非常差，就好像為了玩網路遊戲而整晚沒睡的電玩宅……

喔不對，我骨子裡本來就是電玩宅。

「事到如今只好拿出我的秘密武器……」我對著鏡子裡的自己竊笑，從書包內取出一瓶藍色的罐子，上頭寫著「超白皙，遮瑕、保濕二合一！」。

沒錯～就是化妝神器BB霜！只要用了這個無論是黑眼圈還是青春痘，一抹就消失得一乾二淨、連一點蛛絲馬跡都看不見啦——哈哈哈！

再說了，這群剛從國中畢業升上來高一的小屁孩們，怎麼可能看得出來我臉上塗了BB霜呢？哎呀，藍士仁我真佩服你的早熟和智商呢！

用BB霜在臉上塗塗抹抹後，整個人的氣色頓時好了起來，黑眼圈和青春痘消失得無影無蹤，我這才放心地走出廁所，昂首闊步啊。

「呀～～～」

我才走沒幾步路，便與素不相識的女同學擦肩而過，身後隨即傳來充滿愛慕與崇拜的尖叫聲。

「他是誰？好帥啊！」興奮尖叫的女孩勾住一旁的友人。從眼角的餘光，我看見她們指著我熱烈的討論：「他、他就是——」

沒錯，我就是曾經風靡所有國中，從幼齒學妹到熟女導師無不敗倒在我魅力十足的外表下的萬人迷——藍士仁！

看看這一雙彷彿能釋放出十萬伏特的眼眸，以及黑洞般吸引視線的深邃五官——這就是我，藍士仁！

「咚！」

由於我正陶醉自己成功建立起的完美形象之中，一不留神便不幸與人相撞。

不過對方的體積較小，所以我只不過是後退了一步，但她竟然整個人跌坐在地上，甚至痛得哀嚎。

「好痛喔！是誰啦？」

我撞到了一個女生，看起來她的脾氣非常地差，屁股還黏在地上就頭也不抬地劈頭狂罵：「走路都不看路嗎？笨蛋！欠揍喔！」

臭三八明明就是妳走路不看路，居然惡人先告狀！

「真對不起、都是我不好……妳沒受傷吧？」

雖然在心裡不停怒罵，不過我還是扮演起溫柔體貼、陽光男孩的角色，故作關心地向女孩說：「要不要我帶妳去保健室？」

「……」女孩抬起頭看見我帥氣的外表，一臉茫然。

喔～仔細一看這個被我撞倒、跌得一屁股疼的女生，其實長得滿可愛的。

身材嬌小玲瓏，目測大概只有一百四十五公分吧？

翠綠色的眼瞳深幽如潭，我能看見她眼中倒映的自己。

最讓我驚豔的是那頭及腰光澤的金色長髮，好像外國洋娃娃似的。

女孩的四肢纖細、肌膚白皙，臉蛋屬於甜美型少女，不過以她剛才暴躁的口氣來判斷，想必是個個性任性、倔強、蠻橫不講理的人——傲嬌，沒錯，就是傲嬌。

怎麼會這麼幸運啊，開學第一天就碰見我最喜歡的類型。

俗話說，蘿莉有三好，身嬌腰柔易推倒。

整個分析過程至結果判定莫約五秒鐘吧，女孩還一臉茫然地看著我，這時我已經想出了好幾套對應傲嬌角色的回答方式。

「還痛嗎？站得起來嗎？」我揚起招牌笑容，雖然整晚沒睡，但是因為ＢＢ霜加持的關係，想必威力不減。

女孩被我這麼一問才回過神來，臉頰迅速飛紅。這時她露出傲嬌專屬的凶惡眼神，直直怒視著我。

哈！我的判定果然沒錯，四肢纖細、臉蛋甜美、身材嬌小、個性強勢，如此明顯的屬性想也知道是傲嬌呢！

對面我這樣溫柔又帥氣的笑容，想必她接下來會害羞地說「笨、笨蛋，一點都不會痛啦，才不用去什麼保健室呢！」，然後只要我強硬地帶她去保健室，就能開啟攻略傲嬌屬性的大門了！

我真是天才啊——哈哈哈！

「笨、笨蛋……」女孩低下頭，臉頰越來越紅。

來了、來了，一切就如預料之內……

「笨蛋假掰男，不要碰我！」

「啪！」

生平第一次的一巴掌，鮮紅滾燙地印在我的臉頰上。

ＢＢ霜被打得剎落，我張大著嘴，蹲在原地愣了好久好久。直到甩了我一巴掌的女孩離去，我才慢慢恢復鎮定。

此時上課鐘響起，我行屍走肉般漫步在前往教室的路途上。

到底是哪個環節出了問題？

為什麼還沒開始攻略就進入 BAD END？

難道說ＢＢ霜的效果不佳嗎？

對……應該是因為這樣，畢竟我整晚沒睡、狀態不好，如果照平常……哪個女生不被我陽光帥氣的外表吸引？

算了，以她的身高來判斷，應該是外面迷路的小學生吧？所以感受不到我男性的魅力……也罷，只要不影響到我在學校的形象就好。

走進教室後，導師正站在講臺上和全班進行自我介紹。

上課鐘響過了好一陣子我才走進教室，因為遲到的關係，老師和陌生面孔的同學們都轉頭過來睜大眼睛看著我。

「呃……對不起我遲到了。」我手抓後腦杓的頭髮、露出陽光帥氣版的苦笑說：「剛才有個迷路的小學生，不小心闖進學校，所以……」

「這樣啊，同學真是熱心！」老師推了推眼鏡，示意我進教室順便上臺自我介紹。

呵，雖然撒了個大謊，卻挽救了我因為遲到而晚進教室的不良印象，不只如此，還增加了不少善良、熱心的評價，我真他媽聰明得嚇人啊！

「大家好，我叫藍士仁、獅子座、喜歡打籃球，因為個性單純常常被朋友欺負……」一邊自我介紹、一邊觀察班上的同學們，接下來要和他們同班三年，事先觀察外表進而判斷個性是最重要的環節之一。

講出自己本名後，班上掀起一陣喧譁，無論男生女生紛紛張大著嘴高呼「你就是竹園國中的藍士仁？」、「他就是那個學園愛神！」、「偶像、偶像！」、「天啊，本人真的又高又帥～」……

不意外啊，哥就是帥得令人嫉妒。

再加上骨子裡是戀愛養成遊戲達人的關係，我讓自己扮演了一個無懈可擊的陽光男孩角色，無論是誰都沒辦法識破，其實我是個有心機又惡劣的電玩宅男啊——哈哈哈！

「噗哧，個性單純？」

突然，臺下傳來一聲冷笑，原本七嘴八舌的教室瞬間鴉雀無聲。

所有人、包括我都不約而同地望向冷笑的聲音來源……

一頭及腰的金色長髮、四肢纖細、甜美的臉蛋，有著外國洋娃娃的外表，脾氣卻十分惡劣，無視所有人的目光，就這麼大剌剌地在桌上蹺著二郎腿。

幹，竟然是她！

「妳……」我目瞪口呆看著那個應該是小學生的女生，那個在廁所和我相撞、二話不說甩我一巴掌的暴力女！

「咦！黃芯婷同學和藍士仁同學，你們彼此認識嗎？」老師笑著問道。

只見名叫黃芯婷的女孩痞起一張流氓臉，不屑地說：「誰要和那個假……」

「啊～對！」我大叫，用全班都聽得見的嗓門蓋過黃芯婷的音量，「我和芯婷從小就認識，我們是青梅竹馬、每天膩在一起呢！」

「哈哈哈～怪不得芯婷剛才會這樣吐槽你！」老師笑得開懷，在像是座位表的紙上塗寫著什麼，邊說：「好，那你們就坐一起吧！」

「啊？」我和黃芯婷同時發出錯愕的聲音。

老師一臉不解地問：「怎麼了，不好嗎？」

不給黃芯婷任何破壞我形象的機會，我立刻贊同老師的決定說：「好、非常好！」

「嗯，那麼我們繼續進行自我介紹，接下來請賴義豪同學……」

下了講臺，我走在座位中間的走道上，慢慢走向散發出強烈殺氣的黃芯婷。

不知道是不是錯覺，我彷彿看見黃芯婷那頭光澤亮麗的金髮，因為憤怒的關係而漫天飛舞、向我張牙舞爪。

故作鎮定地坐在黃芯婷並桌旁的空位上，為了挽救形象，我假裝早上的事件是誤會一場，溫柔地說：「芯婷，剛才的事情應該是一場意外，造成妳對我的誤會……」

「哪有什麼誤會？假掰說謊男！」對於我的招牌笑容，黃芯婷可是完全不買單。她忿忿不平地對我說：「為什麼要騙大家你和我是青、青梅竹馬？」

哎呀，這個小傲嬌說話還會害羞結巴呢。真可愛呵呵！

「對不起……其實我早就想認識妳了，所以才不由自主地撒了個大謊，也想跟妳坐在一起。」我用手抓頭髮、無奈地笑，裝出一副內疚又誠懇的模樣。

「你……」只見黃芯婷張大眼睛，不敢置信的說：「你真的是滿口謊言呢。」

好吧～外表真的很可愛，眼睛又大又圓、肌膚白皙水嫩、臉蛋甜美，不過個性真的太強勢了，對陌生人有著超重的防備心、不相信任何人……

進階判斷，她是個家境富裕的千金大小姐吧？攻略難度ＳＳＳ。

正當我在內心胡言亂語時，黃芯婷突然將頭低了下來、臉頰泛紅，不知道在害臊什麼。

「這樣好了，其實我對戀愛也沒什麼興趣，只不過是為了維持我的形象罷了。」我揚起溫柔的假笑，低聲地在黃芯婷耳邊說：「我們就假裝是關係十分親密的青梅竹馬如何？只要妳不說些損害我形象的話……」

黃芯婷還是痞著一張臉、活像個不良少女似的，真是蹧蹋了她那張彷彿二次元動漫人物的臉蛋。

不管她的意見如何，我接著說：「這樣對妳也有好處吧？一堆女生巴不得和我攀關係，只要和我感情親密，妳就會成為那些女生羨慕又嫉妒的對象喔！」

現在有哪個女生不喜歡受歡迎呢？聽到我這麼有建設性的提議，想必黃芯婷的內心一定動搖了吧！

「我對你這個假掰說謊男沒興趣，再、再再再說我已經有喜歡的人了！」黃芯婷拒絕我後，支支吾吾地表達自己心有所屬，說完還害羞地低下頭、滿臉通紅。

哎唷、這麼忙，當傲嬌還真辛苦啊。

「原來妳已經有喜歡的人了啊！」怪不得我的魅力完全不起作用。

聽見我的話，黃芯婷害羞的罵：「要、要你管啊！」

「是誰呢？學長嗎？」我竊笑，試探性地問。

看著黃芯婷的表情，她一副嫌我無聊又八卦的嘴臉。

自我介紹持續進行著，我完全忘了自己要觀察同班同學的長相和個性，只顧著捉弄座位旁的「假青梅竹馬」黃芯婷。

「看來不是學長呢～」我隨意環顧一下四周，班上的男同學長相都還不差，雖然還是輸我很多。

「啊！」突然我想起了什麼，揚起邪惡的笑容直問：「該不會是……同班同學吧？」

「！」黃芯婷一聽見我的話，整個人震了好大一下，隨即面紅耳赤惱羞成怒說：「怎怎怎怎怎麼可能啊？笨蛋！今天才剛開學耶？」

「呵呵呵真的很不會說謊呢。」我仔細回想剛才黃芯婷的一舉一動。

其他同學在自我介紹時、我和黃芯婷竊竊私語時，她總是擺著一張漫不在乎的表情，不過……奇怪的是剛才有那麼一瞬間她突然臉紅低下頭，究竟是……

「啊哈～」

答案從心中浮現，我燦爛地笑著，一臉邪惡看向黃芯婷直說：「是不是，賴、義、豪啊？」

「你、你你你你！」

看來被我猜中了，黃芯婷整個人又驚又恐、甚至從座位上跳了起來，驚動全班、打斷了其他人的自我介紹。

老師困惑的問：「黃同學，怎麼了嗎？」

「啊！沒、沒沒沒事……」黃芯婷面紅耳赤地說，緩緩坐回座位。

「顆顆，看來是這樣呢？」我揚起陽光的笑容，不過在黃芯婷眼裡，想必是既邪惡又做作吧？哈哈——爽啦！

「你、你竟然敢捉弄我？」

黃芯婷既害羞又憤怒，模樣十分可愛，甜美的臉蛋白裡透紅，被我欺負得眼角泛出淚光，非常惹人憐愛。

「別生氣啦，只不過是被我猜到暗戀的對象而已啊～」我微笑，接著說：「要不要我替妳向他告白呢？」

「不、不准！」黃芯婷低吼道，激動地捉住了我的手。

此時教室突然一陣搖晃，所有人只能驚慌失措地左右張望。

老師說只不過是小小的地震，叫全班不要緊張，一會兒就過了。

這時候的我哪有空管什麼地震啊？

黃芯婷緊抓著我的手，那個力道就好像被卡車的輪胎壓到一樣，我感覺我手指的骨頭都快斷光，為了維持形象我努力不叫出聲，表情痛苦地說：「呃……好痛！」

「先保證你不會說出去，不、不然……」黃芯婷越說越激動，握住我手的力道也越來越大，我痛得近乎昏歇、口吐白沫。

「快……放手……不然……我就說出去！」我猙獰著一張臉，滿身大汗地說。

「你這笨蛋做作說謊無恥男！」黃芯婷被我氣哭，怒罵一聲朝我揮拳。

呵，黃芯婷那小小的拳頭能對我這張帥臉造成什麼傷害？

「碰！」

啊，我記得這種感覺。

國中的時候無照駕駛，騎車不幸和卡車對撞，那時候卡車朝我迎面而來，將我撞飛好幾公尺。

「妳……不錯！」我對黃芯婷豎起大拇指，為了保持形象，盡最後的力氣、在失去意識之前，以帥氣瀟灑的姿勢趴在桌上，假裝一副晚上打工好累、不得不利用上課的空閒時間補眠的模樣倒下去。

○●○●○●○

身為戀愛養成遊戲達人，我只是想扮演好陽光男孩的角色而已……

雖然能把女生們迷得神魂顛倒，卻沒有和任何一個女生交往過，也許在我內心深處……還是渴望著真愛的出現吧，攻略我的人。

醒來後，竟然已經放學了。

教室空無一人，窗外的天色逐漸變晚，深紅的夕陽緩緩下沉在學校後山。烏鴉們三五成群在空中嘎嘎地叫，好像下班的ＯＬ，歸巢的時候特別吵。

「唉……痛死了。」竟然就這麼被黃芯婷揍昏了一整天，還好辛苦打工的模樣裝得非常成功，應該沒有壞了我任何良好的形象。

吐了口濁氣後，我拿起書包走出教室，拖著沉重的腳步、疲憊的身軀來到了學校大門，心想等等回家後絕對要好好睡上一覺。

「都是黃芯婷那個臭三八，害我沒搭到校車。」我忿忿不平地啐唸道。

突然，校門口出現一個熟悉的身影，她拖長在地上的影子比起其他人嬌小許多，而那頭光澤亮麗的金色長髮在夕陽下還是那麼耀眼動人。

「黃芯婷！怎麼還沒回家？」我躲在校門口的柱子旁觀察。

只見黃芯婷面前站了一位男生，個子比我還高，戴著無框老氣的眼鏡，表情正經八百卻不失溫柔，頭髮比我還簡短、幾乎是個平頭。他扳著一張臉，等支支吾吾的黃芯婷開口說話。

「那是賴義豪吧？」我想起早上自我介紹、老師叫到那位同學的名字時，黃芯婷就突然面紅耳赤地低下頭、不敢直視講臺……如此怪異的舉止。

想必他真的就是黃芯婷的暗戀對象。

「怎麼了嗎？突然說放學後有事情要告訴我？」賴義豪溫柔地問。

比起賴義豪那一副正經八百的模樣，我的表情豐富、談吐幽默，怎麼說都比賴義豪來得有魅力吧？

黃芯婷妳的眼光真差！

躲在校門柱子後，我聚精會神地偷聽兩個人的對話，突然間不知從何處飛來的小石塊砸中了我的頭，痛得我發出慘叫，差點被兩人發現。

「我、我我我我我我……就是……從國中……」黃芯婷的臉蛋變得越來越紅、支支吾吾的語無倫次，藏在背後的情書也被她捏得破破爛爛地，甚至被手汗沾濕。

「哎呀，傲嬌屬性根本對告白沒轍！」我躲在柱子後竊笑：「怎麼會選擇主動告白呢？

還是用情書這麼老套的方式噗哧！」

突然又不知道從哪裡飛來的小石頭，再次砸中了我的頭殼，痛得我眼角泛淚。

可惡，到底是誰在惡作劇？被我逮到一定扒了他的皮！

「嗯？妳到底想說什麼？」賴義豪完全沒察覺到黃芯婷因為害羞而快暈倒的表情，還正經八百的說：「我趕著去補習，如果沒什麼事……」

「啊……等、等，我……」

黃芯婷的眼角淚光在夕陽下閃爍，我清晰地看見她那面紅耳赤的害羞模樣，真的很可愛。可惜賴義豪似乎是個正經八百、個性無趣的木頭人，哎呀，這組合真是糟蹋了。

最後賴義豪好像因為趕時間不得不離開，而黃芯婷揑爛了藏在背後的情書、用盡全部的勇氣想開口說話……

我已經無聊到靠在柱子旁坐下，自言自語地說：「主動告白是沒轍啦，不如換個方式建立良好的印象……呃，以我多年的經驗，這時候應該說『高中的功課好困難，我不太會又不好意思找其他同學問……』吧？」

「高、高中的功課好困難，我不太會……」只見黃芯婷突兀地講出和我剛才想到的那套對應答案。

是巧合嗎？黃芯婷的隨機應變能力有這麼好？

「這樣啊，既然我是班長，就有義務輔導同學的課業。」賴義豪點點頭說：「反正以後我們就是同班同學了，有不懂的就來問我吧！」

「真、真的可以嗎？」只不過是願意教她讀書，黃芯婷竟然露出如此燦爛的笑容。

「嗯，那我趕時間、先走了，再見！」賴義豪說道，轉身離開。

「謝、謝謝你～再見～」黃芯婷紅著一張臉、開心地向賴義豪揮手。

躲在柱子後面目睹這一切的我感到十分無趣，爬起來後喃喃自語地說：「切！這麼老套的設定，有夠無聊～」

「你的方法真的有用耶，雖然沒有告白成功……不過卻建立了良好的關係！」黃芯婷向我開心地說。

「廢話嗎？戀愛養成遊戲裡，傲嬌屬性主動告白百分之百不會成功的，只能靠後天的努力、培養感情來攻略男主……」我的話說到一半，只見黃芯婷就這麼站在面前，嚇得我大退三步，連書包都扔了出去。

「哇啊啊啊——妳這個暴力女，怎麼知道我在這裡？」我慘叫。

「不只你在這裡，甚至你內心的想法、穿什麼樣子的內褲、書包裡面藏了什麼，我都能夠知道。」黃芯婷得意地說。

「哈，妳當妳是特務？」我失笑。

這個女人是因為和暗戀對象的關係提升了，所以腦子壞去嗎？

「我沒有腦子壞去。」黃芯婷嘟著嘴，不悅地說。

「哇靠！」我瞠目結舌，愣了一會，然後不敢置信的問：「妳怎麼會知道我心裡在想什麼？」

黃芯婷伸出纖細的手臂，淺淺地笑：「其實……我有超能力。」

「喔～妳有超能力？」

「嗯，透視、讀心、力量、速度、念力，你想得到的超能力我都有。」黃芯婷一臉正經地說。

「是喔，那很棒啊。」我讚道。

黃芯婷露出吃驚的神情，錯愕地問：「咦，你相信嗎？一般人聽到應該是不會相信的呀！」

「信，我當然相信妳啊！」我露出一副「妳怎麼可以懷疑我？」的臉。

黃芯婷笑道：「其實早上和你撞上時，就是因為聽見了你的內心話，才知道你是個無恥、滿口謊言的做作男，還有……剛才砸你的石頭，也是我用念力操控的喔。」

「原來是這樣啊，好過分喔妳！」我微笑。

黃芯婷不敢置信地看著我，直呼道：「你真的相信我有超能力？」

「信啦，我真的相信妳～」我笑得更燦爛了，接著問：「是說，芯婷啊！」

「啊？」黃芯婷皺眉。

「妳什麼時候要吃藥啊？」

「……看來你是不相信我了。」黃芯婷面露不悅。

「我說過我相信……」

話才說到一半，黃芯婷突然捉住我的手臂，我低下頭看她嬌小的模樣，一臉困惑地問：「妳要幹嘛？」

「證明我有超能力給你看！」黃芯婷語畢，抓著我就往校門口一跳。

這一跳還真嚇破了我的膽，跳高的奧運選手算什麼啊？

身高大約一百四十五的黃芯婷竟然抓著一個大男人跳了好幾百公尺這麼高！

我們躍過了校門，眼前學校的屋頂越來越小，高度還在持續上升。

原本沉沒在視線裡的夕陽，重新出現在海平面的彼方；那些原本應該抬頭才看得見的鳥兒，現在全在我的腳下。

我已經嚇得魂飛魄散、動彈不得，只能緊抓著黃芯婷纖細的手臂。

「瞧，我還會飛。」黃芯婷一臉得意地說。

「……啊、啊……啊我要媽媽！」我苦著一張臉，這時候連形象都顧不得了。

「噗哧——哈哈哈哈！」在這麼一個高空之中，黃芯婷竟然趁人之危，嘲笑我嚇破膽的糗樣：「你這什麼表情啊？好蠢喔！」

「快……放我……下去！」我已經止不住眼淚、全身顫抖，下面那白色緩緩行進的巨大機械，是飛機嗎？是飛機吧！

老天爺啊，我竟然在飛機之上的高空中！

「相信我有超能力了嗎？」黃芯婷問。

「信，我真的信了！」我近乎崩潰的嘶吼。

黃芯婷得意的笑，還不打算放我回地上，繼續說：「很好~基本上我有超能力的這件事情，是不能告訴任何人的。」

「那妳幹嘛告訴我？該不會是想殺人滅口吧！」我想掙扎反抗，卻只能緊緊抓住黃芯婷的手臂，深怕一個不小心就從萬丈高空中墜落，然後摔成肉餅。

「其實我已經知道你的真面目是……戀愛養成遊戲的電玩宅了。」黃芯婷說。

「然後呢？電玩宅錯了嗎？真面目錯了嗎？我的本性就是宅啊！宅不是錯，錯的是你們這些現充自以為是的腦袋啦！」

雖然我沒有懼高症，但是這個萬丈高空之中，沒有任何防護措施、沒有降落傘的情況下，想必任何人都會嚇得魂飛魄散、屁滾尿流。

「總之你要答應我一件事情，我就放你下去。」

「什什什什什麼事？我都答應，拜託快放我下去！」

黃芯婷露出開心的笑容：「是你說的喔！」

「對，快點、現在、立刻，幹！」我崩潰大吼。

黃芯婷用那張甜美可愛的臉蛋、揚起邪惡的笑容，直說：「好，從今天開始你要幫助我……幫我……追、追到賴義豪。」

「妳怎麼不乾脆用超能力讓賴義豪直接愛上妳啊？」我失控地問。

「不可以用超能力談戀愛啦！」

第二章

一定是我熬夜的關係，太累了所以產生幻覺！

太陽還沒出來、天還沒亮，透過窗戶能感受到外頭的黑夜逐漸離去。麻雀在電線桿上高歌，再過不久附近的公雞就要拉開嗓門「勾勾給」了。

我徹夜未眠，昨天傍晚所發生的事情實在太過震撼，離奇的體驗給我一種不切實際的感覺。只不過，飄浮在對流層之上、看著飛機緩緩飛過的畫面還歷歷在目。

現在想起來還是很恐怖，甚至令人想吐。

「假的吧！超能力什麼的是假的吧？」把棉被包覆全身、將頭埋在枕頭裡，我自問自答的說：「一定是我熬夜的關係，太累了所以產生幻覺！」

努力的想催眠自己、讓自己多少恢復些鎮定，再怎麼說也太誇張了吧！

那種二次元才會出現的荒唐劇情，怎麼可能就這樣發生在自己身上呢？

「是真的啦，怎麼你到現在還不相信啊？」

「哇啊——！」我怪叫一聲，只見昏暗的房間內突然出現一名金髮及腰、身材嬌小的混血少女。

「叫這麼大聲幹嘛？」混血少女皺眉，露出不悅的神情。

仔細一看，這個莫名其妙出現在房間內的少女，正是昨天把我嚇得屁滾尿流的始作俑者——黃芯婷。

「妳怎麼會在這裡？」我又驚又恐的看向房門，「我明明鎖門了啊！」

「瞬間移動啦。」黃芯婷嘆了口氣，理所當然的說出令人難以置信的事。

「妳、妳跑來我房間幹嘛？」雖然站在我面前的只是個身高不到一百五十公分的嬌小蘿莉，不過我卻像是看到終極大魔王一樣畏懼，就怕眼前的小蘿莉哪根筋不對，又帶我到高空中散步。

「就……就……」問了動機後，黃芯婷反而支支吾吾了起來，一臉害羞地低下頭。

趁著黃芯婷一不留神，我立刻掀開棉被、拿起書桌上的手機，想也不想地撥出緊急報案電話。

「？」黃芯婷不悅地嘟起嘴，伸出她的小手朝我比了比。

手機才響了一聲就突然關機，甚至從我的手中掙脫、憑空飛了起來，我站在原地看得目瞪口呆，只見手機緩緩地飛向黃芯婷，最後落在她的手上。

「你幹嘛報警啊！」黃芯婷不耐煩的問，將我的手機隨手一扔。

「如果有個不速之客突然闖進房間，妳會怎麼做？」我問。

黃芯婷思索了一會，直說：「打死他啊。」

「OK，問的方式錯了。」我無奈地坐在床上，接著說：「如果有個不速之客闖進房間，正常人會怎麼做？」

「報警啊。」黃芯婷毫不猶豫的回答。

「那就對啦，我現在就要報警！」我激動地說。

此時外頭的天色已亮、太陽探出頭來，晨曦灑進陰暗的房間內。

黃芯婷露出難過的神情，內疚地說：「可、可是我又不是什麼不速之客……」

「呃……」看見黃芯婷難過的模樣，我突然氣消了一半。

我這才發現她穿著一件連身近乎半透明的洋裝睡衣，長到腰間的金髮還亂翹一通，嬌小玲瓏的身材曲線透過睡衣表露無疑，猛一看還真是性感、令人血脈賁張。

「所以，妳找我幹嘛？」我緊捏著鼻梁，深怕悶騷的鼻血流下。

雖然二次元的圖片看了不少，但三次元這還是第一次，畫面太過衝擊性，身為電玩宅的我頗難承受。

「你、你不是答應要幫我追賴義豪嗎？」黃芯婷邊說，轉眼那張甜美的臉蛋又紅彤彤的了。

「有這回事嗎？」我裝傻地歪著頭，露出困惑的表情。

只見黃芯婷氣鼓了臉頰、眼角泛出淚光，忿忿不平地怒視著我。

一股殺氣排山倒海而來，我清楚的看見一道道刺眼的電光從黃芯婷手上釋出。

「有～有這回事，我想起來了！」我嚇得趕緊改口，黃芯婷這才破涕為笑，手中的閃電消失得無影無蹤。

夭壽——這個蘿莉的玩笑開不得啊，哪天被十萬伏特電死都不知道！

「那……我該怎麼做？」黃芯婷毫無戒心地靠近我，好像完全忘記自己只穿了一件半透明的洋裝睡衣，那一雙翡翠綠的水汪大眼直直盯著我看。

頓時我腦海裡一片空白，目光停留於藏在半透明睡衣下的粉紅色小可愛，與發育不良、若隱若現的小胸部，好白皙的肌膚，白裡透紅的模樣更顯得性感撩人。還有隱隱約約飄來女生特有的體香味。

第一次和三次元的女生靠得這麼近，就在我的房間、坐在我的床上。

「呃、這……」我感覺臉頰滾燙，趕緊將視線挪開，卻不經意地看見她纖細的小蠻腰和迷人的肚臍，這更是刺激得令我頭昏腦脹。

「啊──！」

我怪叫一聲，趕走腦中的雜念直呼：「妳想怎麼做？」

「我、我想親手做便當給他吃……」黃芯婷越說越小聲：「可是我的廚藝不好……」

「哪有人一開學就親手做便當給對方吃啊？」我失笑，差點從床上跌下去，該說這個小蘿莉的想法太單純呢，還是太老套？

「不然我該怎麼辦？好不容易增加了一點好感……」黃芯婷顯然有些著急，靠得我越來越近。

「別急！」我閉上眼睛在心中默唸大悲咒，淡定地說：「施主一切隨緣，只要慢慢培養感情即可。」

「什麼啦？」黃芯婷對於我奇怪的舉動見怪不見，眉頭緊皺、一臉不解地看著我。

「就是叫妳不要心急，慢慢培養感情啦！」我說道。

「喔……所以不用送便當給他囉？」黃芯婷有些失落，可見她很期待能自己親手做便當給賴義豪吃。

「送便當的想法是不錯啦……」

我的話說到一半，黃芯婷便興奮地附和：「對吧、對吧！」

「只不過才開學不久、感情還不夠深入，突兀地送便當太奇怪了，反而會給對方一種太過熱情的感覺。」我說。瞥見一旁的鬧鐘已經六點五十七分。

「是喔，那我該怎麼辦？」黃芯婷完全沒有時間概念，上課都快遲到了還堅持討論這個話題。

我伸了個懶腰、睡眼惺忪地說：「反正我會幫妳不是嗎？妳就先回家準備，我們學校碰面，OK？」

「好！」黃芯婷這才點頭，從床上爬了起來。

她站在我面前的身影，真的很嬌小。窗戶外的晨曦灑在金髮上閃爍，她背對著我，乍看之下就好像一幅美麗動人的畫，如此清幽脫俗的美景深深映入我的眼簾。

「那我走了喔！」黃芯婷轉過頭，毫無預警地對我露出燦爛的笑容。

那張甜美的臉蛋隨著柔和的陽光闖進腦海裡，有這麼一瞬間，我竟然看得入迷而說不出半句話來。

還來不及向她道別，房門突然被人打開，我反射性地轉頭一看，正是手持平底鍋、在樓下準備早餐的老媽，她也一臉錯愕地看著我。

還沒想到該如何解釋黃芯婷為什麼會出現在房間裡，卻見黃芯婷剛才站著的位置早已空無一人，只殘留著她淡淡的髮香味——還真的是瞬間移動啊！

「你發燒？」老媽劈頭就問。

「我哪有發燒！」我反駁道。

老媽的表情變得十分溫柔，她腳步很輕地走近我。

「妳幹嘛？」這樣溫柔的老媽我反而不習慣，印象中的老媽是個手持平底鍋、性格殘暴野蠻的原始人啊！

「你沒有發燒，怎麼會這麼早起床？」老媽邊說、邊伸出手摸我的額頭，確定我到底有沒有發燒。

「看吧！沒有發燒啦，就只是……忽然醒來了啊。」我說。

老媽無奈地嘆了口氣，邊搖頭邊說：「我看你是又熬夜了吧？」

「哇塞！」我驚呼一聲。果然什麼事情都瞞不過老媽呢！

「你別老是熬夜，會把身體搞壞的，今天就向學校請假吧？」老媽溫柔地說，順便將扔在地上的手機撿起放到書桌上，真是一刻都停不下來。

「好……啊！」我正興奮自己可以請假偷懶時，腦海裡突然浮現出黃芯婷那副期待的神情，一雙翠綠的眼瞳率直地盯著別人，好像沒有任何心機似的。

「怎麼了？」看見我突然愣住，老媽困惑的問。

「我還是去上課好了，早餐準備好了嗎？」我從床上起身，一邊思考今天的課程該準備什麼樣的文具，同時打開衣櫃拿出校服套上。

「還沒。」老媽。

我一副總經理對秘書講話的語氣說：「什麼！都幾點了還沒準備好早餐，真搞不懂妳這女人在想什麼？」

「它知道。」老媽淡淡地說。

我困惑地問道：「誰？」

「平底鍋。」老媽。

「匡咚！」

嗯，如此野蠻又暴力的女人才是我老媽。

○●○●○●○

雖然我是戀愛遊戲達人、一個晚上就能攻略各式各樣二次元的女生，任何戀愛遊戲都難不倒我……說了這麼多，重點就是我只針對女生。

攻略男生這種事情還是頭一遭，總覺得有點彆扭。

再說，為什麼我非得幫黃芯婷追賴義豪不可啊？

難道我對身材嬌小、臉蛋甜美、好似洋娃娃的黃芯婷一見鍾情了嗎？

不、不可能！

應該是畏懼她的超能力吧，就怕黃芯婷哪根筋不對，把我殺人滅口、徹底在這世界上抹除。

「喔喔——你來了啊，做作男！」

走進教室就看見黃芯婷坐在我的位置旁，笑容可掬地向我招手。

校車總是比較早到學校，現在還不到早自習時間，不用急著進教室坐定。學生們陸陸續續前往學校，提早到校的學生多半跑去福利社買早餐或是在走廊、操場上閒晃。麻雀在樹枝上高歌，微風徐徐，氣氛十分愜意。

教室內沒什麼人，早到的同學加上我和黃芯婷也才四個人。

將書包放在自己椅子上後，我靠在黃芯婷耳邊低聲的說：「妳不要在大庭廣眾之下叫我『做作男』啦，多難聽啊！」

「你到底多在乎形象啊？」黃芯婷聽了後嘴角上揚，用那張洋娃娃般的臉蛋做出邪惡的笑臉。

「笨蛋，妳不明白啦！」我將書包裡的便當拿了出來，等等要放進保溫箱裡，一邊向黃芯婷說：「戀愛遊戲裡最重要的就是形象，妳的形象能決定未來的勝敗，懂嗎？」

「喔喔……」這也許是黃芯婷第一次那麼認真聽我講話，一雙水汪汪的大眼睛如此專注地盯著我看。

被她的目光看得有些害羞，我撇開頭隨口說：「喏，我要先拿便當去保溫箱裡放著。」

「啊！」黃芯婷驚呼一聲，接著從書包內拿出兩盒便當放在桌上說：「都忘了，我也要拿便當去保溫。」

「妳吃兩盒便當？」我吃驚地看著黃芯婷手上的兩盒便當。

看她小小隻的，食量也太驚人了吧！

難道她的設定不只是傲嬌、超能、嬌小，還外加個吃貨嗎？

「當、當然不是啊！」黃芯婷鼓起臉頰反駁我。

「不然？」我好奇的問。

只見黃芯婷臉頰泛紅，將其中一盒包裝比較精美的便當握在手中，講話忽然支支吾吾了起來：「就……就……」

「妳舅舅的便當？」我一臉困惑。

「不是啦，你這個白痴做作男！」黃芯婷惱羞成怒地罵。

「不是就不是啊，凶什麼啊！」我感到莫名其妙，不是就不是啊，罵個屁啊！這女人難道有躁鬱症？

「就……就就就……」黃芯婷又扭捏了好一會，才緩緩地說：「就是我早上跟你說的啊……」

「噗哧！」聽見後我忍不住笑了出來，啼笑皆非的說：「我不是告訴過妳，剛開學就送便當太操之過急了嗎？」

「有什麼辦法嘛！」黃芯婷忿忿不平的說：「我是準備好便當才去找你的啊……所以這個便當就交給你收拾了！」

「啊？」我錯愕得五官擠在一塊。

「你那是什麼表情啊！」黃芯婷瞪了我一眼，接著不悅的說：「難道你嫌棄我親手做的便當？」

「不是啊……」我摳了摳臉頰，婉轉地說：「妳早上好像說過……對自己的廚藝沒什麼信心耶？」

「嗯，這是我第一次做便當。」黃芯婷點頭。

「這樣妳知道哪些菜在煮的時候，要加什麼配料嗎？」我問道。照老套故事的設定來看，第一次下廚的女主角所做出來的料理堪稱世界上最恐怖的毒藥啊！

「哈！」黃芯婷鼻子噴氣，得意的說：「當然知道啊，我可是有超能力的人耶！」

「喔，也對吼！」我想起黃芯婷是個擁有各式各樣超能力、外掛般的特殊存在，對她來說，初次下廚這點小事根本不算什麼吧？

黃芯婷拉開椅子，手拿著兩個便當說：「走吧，我們拿便當去保溫箱放。」

「妳真的很沒效率耶！」我揚起嘴角，似笑非笑的說。

「什麼啦？幹嘛一直罵我！」黃芯婷不悅地嘟起嘴。

看來會這樣狂嗆她的人，全臺灣就我一個了吧？

我指了指教室外、位於走廊轉角的保溫箱，「同樣都要拿便當去保溫箱放，妳不覺得兩個人去很浪費時間嗎？一個人就可以完成的事情！」

「所以咧？」黃芯婷不耐煩的問。

我將便當放在黃芯婷面前，彎起迷人的眼睛、露出燦爛的笑容說：「當然是妳幫我拿去保溫箱放囉，我還想再睡一下！」

「喔，好啊。」黃芯婷向伸出手說：「拿來！」

「咦？」我大吃一驚。想不到黃芯婷竟然答應得這麼乾脆？還是說她其實骨子裡是個熱心助人的小妹妹！

「舉手之勞啊！既然你懶得去，我就順便幫幫你。」黃芯婷拿起我的便當。

「哎呀，這怎麼好意思呢？」我呵呵笑。

只見黃芯婷點了個頭，冷不防地將我的便當往外頭一扔。

「妳——！」我目瞪口呆看著黃芯婷，完全來不及阻止她……

只見我的便當從教室出發、高空飛過保溫箱、衝出走廊欄杆，然後便當就往一樓直直墜落，「匡啷！」從這一聲悶響聽來，恐怕是凶多吉少。

「妳做了什麼啊，瘋女人！」我慘叫衝出教室，靠在欄杆上我看見便當倒地不起，便當蓋和便當盒分了屍，裡面的白飯、配菜還有我最愛吃的炸豬排全灑了滿地。

「便當，我的便當啊啊啊——」我悲情地向樓下伸出手，想挽回被人謀殺的便當，可是一切都太遲了……便當就這麼靜躺在地上，一句話也不說。

「節哀。」黃芯婷走到身後，輕輕拍了我的肩膀。

「節哀個頭啦，妳這個便當凶手！」我欲哭無淚說道，這下子中午要挨餓了。

「怕什麼？你不是有這、這個便當嗎？」黃芯婷彆扭地將原本要交給賴義豪的便當遞到我面前。

我嘆了口氣，心情有些複雜，「這又不是做給我吃的……」

「反正都是便當，你就吃了它，不要糟蹋食物了！」黃芯婷嘟起嘴碎唸道：「不然會遭天譴喔！」

「那妳剛剛把我的便當扔下樓就不是糟蹋食物嗎？」我失笑。

我們就這樣一搭一唱的邊鬥嘴、邊把便當放進保溫箱內，這時上課鐘聲響起，宣告早自習時間的到來，學生們陸續進入教室。

教室和一早截然不同，逐漸熱絡起來，同學們照座位一一坐定。

「……嗯，三號的邱垂晉看起來滿好相處的，將來在班上的人緣一定很好。」

我坐在座位上靜靜觀察班上的同學。

「做作男，你在幹嘛啊？」黃芯婷將第一堂的課本擺在桌上，好奇地問。

「噓，我在觀察其他同學！」我輕聲的說，「大致上了解別人的個性，在聊天時比較不容易尷尬。」

「喔～」黃芯婷似懂非懂的點頭。

「說起來，同班同學我已經大概都觀察過了，只有……」我一臉正經的看向黃芯婷，語重心長地說：「只有妳暗戀的賴義豪，我實在不知道他真正的個性是怎麼樣！」

「誰、誰誰誰誰暗戀啊，不要講這麼大聲啦！」害羞的黃芯婷近乎尖叫地喊道，還激動的從椅子上站了起來，驚動了班上所有人。

目光注視超過兩人，維護形象模式啟動──我露出淡定的微笑，輕聲又溫柔地對她說：「芯婷，我開個玩笑而已，不用這麼激動喔。」

「……」黃芯婷害羞地東張西望，發現同學們的目光都聚集在我和她身上，無奈她只好紅著一張臉，尷尬地坐回位置上。

「啊！對了，妳的超能力不是能看穿別人內心嗎？」我問道。

黃芯婷點頭，「對啊。」

「那妳怎麼可能不了解賴義豪喜歡什麼，或是心裡在想什麼？」

「看穿別人內心這項超能力很奇怪，我沒辦法想看穿誰的內心就能看穿，而是隨機的……像昨天，我就只能看穿你內心的想法。」黃芯婷嘆了口氣。

「哦，那妳是怎麼喜歡上賴義豪的啊？」

我這麼一問，只見黃芯婷突然面紅耳赤、眼神狂亂，眼看就要激動地從座位上跳起來時，我趕緊掩住她的嘴，低聲地說：「冷靜點，妳還想被大家注意嗎？」

過了一會，黃芯婷才恢復些冷靜。她點了點頭後，我才鬆開手，無奈地嘆了口氣，「當傲嬌還真不方便啊……」。

「就……在國中的時候……我和他是同班同學……」

黃芯婷低下頭支支吾吾地說著，聲音非常的小，所以我得非常用力的聽。

「那時候我的個性比較膽小……也不愛說話，在班上總是一個人，時間久了自然聽見所有同學的心思，他們都暗地裡嘲笑我、排擠我，認為我是一個怪人……雖然無所謂，可是我還是有點難過。」

「某一天，我被班上那些不良少年欺負，書包被他們藏起來了，直到放學我都找不到自己的書包在哪……那時候賴義豪好像忘了拿東西，所以折回教室，我們就這樣碰上了。」

「然後他跟妳一起找到書包？」我忍不住插嘴，這是什麼老套的設定啊？

「沒……」黃芯婷乾笑兩聲，直說：「他趕著去補習班，所以拿了東西就走，我們一句話都沒講。」

「也太無情了吧！」我苦笑。

聽見我的話，黃芯婷沒有反駁，反而露出一抹靦腆的笑容。我認得這個笑容，在戀愛遊戲裡面，女主角談到男主角時，總是會不經意地微笑，就是這種幸福洋溢的笑容。

可見黃芯婷真的很喜歡賴義豪。

「我在找書包的時候，手機一直響，卻是沒看過的號碼……想必是把書包藏起來的人打來嘲笑我的，所以我不敢接。」

「還打來嘲笑妳？也太惡劣了吧！」我感到忿忿不平。

「直到了很晚，還是找不到自己的書包……我才一把鼻涕、一把眼淚的離開學校，當時真的很難過……所有的課本都在書包裡，明天上課不知道該怎麼辦，鐵定被老師臭罵，而班上那些排擠我的同學，一定也等著看笑話。」

「隔天到學校，書包竟然好端端地出現在我的座位上，我很驚訝，到底是誰替我找回書包的？然後……我看見坐在角落溫習的賴義豪，他頂著大大的黑眼圈。很巧的是，當時我的超能力又能聽見他內心的聲音……」

「賴義豪從補習班下課後已經是晚上十點了，他回學校替我找書包……到了凌晨一點才找到書包，所以早上他才不得已溫習昨晚沒看到的課業內容。」

黃芯婷說完，兩側臉頰還泛著淺淺的紅暈。

「原來賴義豪是個這麼溫柔的人啊……」我說著、順勢看向認真聽課的賴義豪，「還以為他只是個正經八百的書呆子呢。」

「嘻嘻，對啊！」黃芯婷手捧著臉，一副害羞地想鑽進大腿內的模樣。

「好吧。」我突兀地說。

黃芯婷轉過頭看向我，一臉困惑。

「我會幫妳追到賴義豪的，賭上我戀愛遊戲達人的尊嚴！」我信誓旦旦地說。

「真的嗎？」黃芯婷露出毫無心機、天真單純的笑容。閃爍著淺綠色光芒的眼眸和綻放在甜美臉蛋上的燦爛笑容，散發出滿滿幸福的味道。

能和這麼可愛的女孩交往，賴義豪一定是世界上最幸福的人吧！

這一剎那，我的心臟突然撲通、用力跳了一下。

看見她開心的樣子，熱心助人的我理當也會感到快樂。

我不自覺地用手按在胸口上，腦海一片空白。

眼前黃芯婷還滔滔不絕地說著關於賴義豪的任何事情，多半是溫習課業啊、熬夜讀書啊等等這種無聊小事，當然還有一些他不為人知的溫柔。

而我則微笑著回應，將剛才那一絲又淺又酸的感覺藏回心底深處。

○●○●○●○

聊著聊著，一下子就中午了。

聽了不少黃芯婷的事情和賴義豪的事情，我也講了很多戀愛的技巧以及曾經幫助同學追女生的豐功偉業，被譽為學園愛神可說是名不虛傳。

直到所有人在座位上津津有味吃著自己的便當時，我才猛一想起，便當在早上被黃芯婷拋下樓了。

「咕嚕嚕嚕……」

肚子發出怪聲，我臉色蒼白地看著其他人吃得滿臉都是飯粒，自己卻只能在座位上乾瞪眼，不由得感到悲慘。

「……拿、拿去！」就在這時，黃芯婷嘟著嘴，十分彆扭地將便當放在我面前。

「感謝大大無私的分享。」真不知道該哭該笑，先是把我的便當扔下樓，再施捨便當給我，這個黃芯婷到底在想什麼呢？

黃芯婷坐在我的座位旁，然後一字一句、害羞又彆扭地強調：「這、這可不是特地為你做的喔！」

「我知道。」原本就是為了送賴義豪做的嘛，只不過因為操之過急而作罷，才轉而施捨給我。

打開便當蓋後，看著裡面的菜色十分普通，兩樣青菜、一塊炸排骨，對於初次下廚的人來說勉強及格，我就不多要求了。

「快點吃，看味道怎麼樣！」黃芯婷放著自己便當不管，一臉期待地看著我。

「為什麼我要先吃啊？」這不就成了白老鼠了！

黃芯婷皺眉不悅道：「幹嘛這麼不相信我啊？雖然是第一次下廚，但是我還滿有信心的耶！」

「好啦、好啦，相信妳！」我邊說、邊夾起便當內那一塊炸排骨。

畢竟黃芯婷有超能力，做便當什麼的，難不倒她吧？

搞不好因為超能力的關係，做出來的便當可以媲美五星級主廚，美味得令我永生難忘也不一定！

「開動啦！」我說道，隨即咬下一口炸排骨。

黃芯婷張大水汪汪的眼睛、興奮地握緊拳頭，一臉期待地問：「怎麼樣？」

「一個字。」我說。

黃芯婷開懷地笑：「讚？」

「幹。」我說，隨即因為又鹹又辣又苦的炸排骨在口中爆炸而失去意識。

第三章

人妻，謝謝妳這份溫柔……
但是光憑這樣是勾引不了我的。

自從昨天吃下黃芯婷親手做的死亡便當之後，我整個人胃口盡失。到了隔天早上的現在仍是臉色蒼白、雙頰削瘦，就連老媽做的早餐都吃不下。

儘管，那是我最愛吃的日式漢堡。

看著熱騰騰的漢堡在潔白的陶瓷盤上，香味四溢，就好像一絲不掛的美人躺在床上向我招手，此刻我真痛恨自己的無能。

恨啊！黃芯婷為什麼要這樣對我？

「你不吃嗎？」

老媽皺著眉，神情困惑地看向我。

我手臂抱著還微微發疼的腹部，口水都快從嘴裡流下來了，也只能無奈搖頭說：「沒辦法……腸胃炎，吃了只會吐。」

「真是的，就叫你不要玩電腦吧！」老媽嘆了口氣，碎唸道：「就是你熬夜玩電腦，才把身體搞成這樣。」

每個當媽媽的都一樣，任何事情都能扯到電腦耶！

啊是關電腦屁事喔？電腦很無辜妳知道嗎？

難道世界末日了也是電腦害的嗎！

「好啦，別唸了！」被老媽唸得心浮氣躁的我，拿起書包說：「我要去搭校車了！」

「便當要記得帶。」老媽快步走來，將手中熱騰騰的便當盒遞給我。

「……」

也許是昨天黃芯婷的便當造成我脆弱心靈太大的打擊，看著老媽遞上的便當盒我竟然退怯了。

老媽的眉頭鎖得更緊，不耐煩地說：「快拿去啊，不是趕著搭校車上課嗎？」

「……我腸胃炎耶，真的能吃嗎？」

「媽媽剛才幫你把比較重口味的配菜換了，裡面都是些清淡的。」老媽溫柔地說。

我聽了是感動得痛哭流涕、滿懷感激地接過便當盒，用戀愛遊戲裡男主角的口吻對老媽說：「人妻，謝謝妳這份溫柔……但是光憑這樣是勾引不了我的。」

「匡咚！」

老媽也懶得回應什麼，直接將手中的平底鍋砸在我頭上。

哪天我被打成白痴十之八九是這女人下的毒手！

○●○●○●○

校車提早到校，所以學生們多在福利社和餐廳打混。而我將便當放進保溫箱後，就拖著沉重的腳步來到教室。

教室內空無一人，就只有黃芯婷坐在位置上向我熱情地招手。

「喲！今天還是這麼早啊，做作男。」

「妳怎麼每次都第一個到學校啊？」將書包放在自己的座位後，我靠在旁邊的桌子上說。除了上課時間，否則我真的不想坐在黃芯婷旁邊，就怕她哪根筋不對，用什麼詭異的超能力對付我。

俗話說得好，一朝被蛇咬，十年怕草繩。

「瞬間移動啊。」黃芯婷聳肩，一副理所當然地說。

「真方便啊……不過，為什麼妳有超能力還要來上課呢？」我問。

黃芯婷好像也沒想過這個問題，她思考了片刻，平淡地回答說：「有比上課更重要的事情嗎？」

「有啊，譬如征服世界什麼的！」我十分認真的說道，如果我有像黃芯婷那樣逆天的超能力，還來上什麼課呢？直接去征服世界啦！

只見黃芯婷聽了我的話後、露出錯愕的神情，不敢置信地說：「你是笨蛋嗎？」

「……」我無法接受被黃芯婷這樣天真、單純的小蘿莉瞧不起，於是反駁道：「難道妳都沒有想過利用超能力征服世界嗎？飛彈什麼的，對妳來說也不構成威脅吧！」

「那當然。」黃芯婷點頭，順勢伸了個懶腰。

這時候不得不誇獎一下校服的設計，女生制服是粉紅色的襯衫、粉紅色格子短裙，黃芯婷雖然嬌小，但是玲瓏有緻，伸懶腰時令她性感的身材曲線原形畢露，性感撩人。

三次元的衝擊果然還是太強了點，我有些害羞地撇開視線。

「征服世界太無聊了，我的超能力不知道從何而來、也不知道何時會消失……」黃芯婷趴在桌子上、伸長手臂看著自己纖細的手指，說：「我只是想……珍惜那些得來不易的羈絆，必要時，用上超能力也無妨。」

「喔，想不到擁有小學生外表的妳，思想還滿成熟的嘛。」我輕嘆。聽了黃芯婷的想法後，總覺得自己十分幼稚。

如果不能珍惜自己所重視的事物，那，擁有超能力又有什麼用？

「叮咚叮咚～叮咚叮咚～～」

瞎聊了一會，上課鐘聲響起，早自習到來，學生們陸陸續續趕回教室，轉眼教室內七嘴八舌、人聲鼎沸，交情較好的同學三兩個圍成一圈打屁聊天。

有些男生在聊昨晚的節目內容，有些男生在聊一起打電玩的過程，女生們則是竊竊私語，可能在討論某個男生的八卦吧，氣氛好不熱鬧。

「藍、藍士仁同學，早安！」

這時，同班的三名女生面帶靦腆地走了過來，平均身高一百六，都比黃芯婷高挑許多，其中兩個女生的長相還滿面熟的，可能是國中時和我同個學校卻不同班。

戀愛遊戲達人模式啟動，我揚起嘴角、笑瞇著眼，露出彷彿陽光照耀般的燦爛笑容回應道：「早安啊！」

「呀～」那三位女生得到了我的回應，竟然開心地發出尖叫。

哥的帥是一個傳說，從國中到高中仍然不滅的傳說。

只見坐在一旁的黃芯婷滿臉不屑地看著我，冷冷道：「你的笑容好假、好噁心。」

虛偽的燦爛笑容還掛在臉上，我瞇著眼看向黃芯婷輕聲地說：「少囉唆，臭矮子。」

「你、你說誰是矮子啊？」黃芯婷氣鼓臉頰，激動地反駁。

我猜她差不多要用超能力來教訓我了吧？

「呵……」我冷笑一聲，淡淡地說：「啊，這不是賴義豪嗎？早啊！」

「什、什什什什麼？」

這招果然有效，黃芯婷還以為我在和賴義豪打招呼，她嚇得立刻雙手緊貼在膝蓋上、腰桿挺直地坐著，整個人不知所措的東張西望。

只見我們面前空無一人，黃芯婷才恍然大悟自己被耍了。

「你這傢伙竟然敢騙我？」黃芯婷整個人暴怒，也不顧班上同學的目光和我的形象，直接粗魯地抓起我的領口吼道。

「……哎呀，跟妳開個小玩笑嘛！」我心裡嚇得半死，表面上還故作鎮定地說：「芯婷真容易生氣，身體不舒服嗎？」

「閉嘴，做作男——」只見黃芯婷舉起拳頭，殺氣騰騰的對我說：「看我一拳把你打回原形！」

當下我真的很想求饒，不過為了完美的形象著想，我只能面帶微笑、沉默不語，並且祈禱班上哪個好心人出面替我解圍。我絕對會心存感激，但是不會報答他。

「已經上課了，老師馬上就會過來，你們不要再玩了！」

念頭才剛轉過，正義的言詞便從我和黃芯婷兩人之間傳來。

殘暴如黃芯婷居然聽進了別人好心的勸導，整個人愣在原地。

想不到這個世界還是存在著路見不平拔刀相助的英雄，我滿懷感激地看向阻止黃芯婷下毒手的恩人。

「賴義豪？」我脫口而出。想不到救了我一命的恩人，竟然是正經八百、不苟言笑的賴義豪……怪不得黃芯婷會馬上停手。

身為班長的賴義豪出面維持秩序後，班上頓時變得非常安靜，不過還是有些個性較叛逆的男生仍竊竊私語，完全不理會賴義豪。

帶頭作亂的人固然討厭，但是我現在無暇理會別人，想到剛才黃芯婷暴走的模樣被賴義豪撞得正著，甚至被他出面阻止，想必黃芯婷在賴義豪心中的形象大大扣分。

歸根究柢，是我害的。

黃芯婷一定也有相同的念頭，我暗自在心底盤算該如何求饒，或是該託付什麼樣的遺言，好讓黃芯婷在痛下殺手的時候可以直接一點，不要折磨我太久。

偷偷看向黃芯婷，想必她現在的表情應該是既猙獰又恐怖，搞不好眼白爬滿了血絲，充斥著恨意死瞪著我。

「嗚……」

結果出乎預料，黃芯婷那一雙翠綠色的大眼睛泛起了淚光，臉頰浮著紅暈，坐在位置上哽咽得說不出話來，小小的身體微微顫抖，一副楚楚可憐的模樣。

那個黃芯婷，竟、然、哭、了！

淚水在眼眶裡打滾，她那張甜美的臉蛋就算難過還是那麼可愛。

「怎麼辦……賴義豪是不是討厭我了？」黃芯婷抽搐著問道。

強烈的罪惡感襲捲而來，看著黃芯婷難過又擔心的神情，實在是——太爽啦！

哈哈誰叫妳平常都用超能力欺負我？活該！

我做作地揚起溫柔的笑容，低聲說道：「也許被討厭了吧！」

「嗚……嗚嗚嗚哇……」只見黃芯婷努力壓抑著聲音，卻還是忍不住哭了出來，像個無助的小孩子似的向我求救：「嗚……那該怎麼辦？我不要這樣！」

原來我虛偽的笑容還不夠熟練，不斷湧上的笑意牽扯著我的嘴角，我努力地壓抑著，千萬不能在這時候破功，如果笑出來……惡作劇的一切就泡湯了。

此刻正是我——藍士仁扭轉乾坤、逆轉勝的關鍵啊！讓任性又霸道的黃芯婷屈服於我就看這次了！

黃芯婷嬌小的身體微彎、趴在桌上抽搐，隱隱約約聽見那惹人憐愛的啜泣聲。

這時我拍拍她的肩膀，溫柔的說：「其實沒什麼大不了的啦，我可以幫妳啊！」

聽見我的話，黃芯婷緩緩的轉頭看向我。甜美的臉蛋都被她哭花了，白皙的臉頰上泛起鮮紅的印子。

她一把鼻涕一把眼淚、口齒不清地問：「……怎麼幫？」

「戀愛遊戲裡面，如果不小心出了糗，會在對方心中留下不好的印象……」身為戀愛遊戲達人的我，頭頭是道地說：「不過，只要能做出令對方感動的事情，就能把不好的印象抵銷，甚至在心中大大加分。」

「那、那我該怎麼辦？」黃芯婷用她纖細的手臂擦去眼淚，認真的聽我說話。

「怎麼辦？」我揚起邪惡的奸笑，從書包裡拿出課表說：「當然是從課堂上挽回妳的形象啊！」

「課堂上怎麼挽回形象……」黃芯婷露出困惑的神情，顯然不懂我的用意。

我無奈地拍了額頭一下，嘆道：「妳真的很笨耶！」

「……嗚……」也許是被討厭的打擊太大，被我罵的黃芯婷不但沒有生氣，反而露出委屈的表情。

哎呀，好可愛~看得我不忍心繼續欺負她了。

「好啦，我就直接告訴妳了！」

「嗯！」

「接下來是家政課，對吧？」

「嗯嗯！」

「妳就親手煮個義大利麵什麼的，給賴義豪吃……如果好吃，妳在他心中的形象自然會大大的加分啊！」

「哦哦哦——」聽完我的話，黃芯婷精神一振、眼睛閃爍著充滿希望的光芒。

呵、呵呵呵~真好騙。

基本上——親自下廚給心儀的對象吃，這個做法是正確的。

只不過……以黃芯婷的廚藝來看，賴義豪恐怕難逃一死吧！

早自習結束的時候，女同學們便將我團團包圍，其中姿色較好的女生臉頰泛著紅暈，開口問：「藍、藍士仁同學，請問你放學後有空嗎？」

「放學後，我可能得去學小提琴呢。」我裝作一副為難的樣子，還不忘溫柔的笑容，電得女生們頭暈目眩。

之後也懶得和那些崇拜我的女生瞎聊，滿心期待地前往家政教室，抱著看好戲的心態，等待上課的到來。

一想到黃芯婷出糗毒死賴義豪的模樣，我整個人心花怒放、開心得快飛起來了！

○●○●○●○

上課鐘響過了約三分鐘，班上的同學才姍姍來遲，隨著其他人陸陸續續到了家政教室，卻始終沒看見黃芯婷的身影。

奇怪了，黃芯婷這個小蘿莉跑哪去了？

她不是滿心期待地想挽回形象嗎！

「該不會臨陣脫逃了吧？」我坐在位置上無奈地嘆了口氣。黃芯婷啊黃芯婷，我真是看錯妳了。

這時瞥見教室外一個嬌小的身影，我沒有其他想法、立刻認定那就是黃芯婷。

「為什麼還在教室外面逗留？」我滿腹困惑地走出家政教室。

黃芯婷正在和同班的一名女生講話，她手藏在背後、扭扭捏捏地問：「請、請問妳……等等可以跟我一組嗎？」

只見那名女生露出詭異的冷笑，譏諷說道：「不好吧，聽說妳的廚藝相當差勁耶，這樣會連累我也不及格的！」

「喔、喔……」黃芯婷這才無奈地點頭，悄悄嘆了口氣。

女生走進教室後，黃芯婷還呆站在原地，我便上前喚道：「喂！」

「呀——」黃芯婷整個人跳了起來，轉頭罵道：「你想嚇死誰啊，做作男！」

「上課多久了？妳還在教室外面逗留，不怕又給賴義豪留下不好的印象嗎？」我沒好氣的說。

「可、可是……我找不到同組的人……」黃芯婷低下頭無奈的說。

「這種事情有什麼好困擾的啊？」我失笑，拉著黃芯婷走進家政教室。

「反正等等分組的時候，一定會有人沒分到組別……到時候妳就跟他一組啊！」

「喔……」聽到這裡黃芯婷還是用一副低沉的語氣回答我。

同學們都到了家政教室後，家政課老師才從教室前門走進來，乍看下是個三十來歲的熟女，身材豐滿、巨大而渾圓的胸部將襯衫撐得緊繃，又穿著ＯＬ般的西裝裙，給人一種火辣性感的感覺，男同學們無不看得鼻血直流。

「今天是同學們第一次上家政課，在上課之前，老師希望你們可以三人一組。」家政老師用嬌滴滴的腔調說。

有誰不知道家政課要分組呢？老師的話一說完，臺下便七嘴八舌的討論起來。

「藍、藍士仁同學，請問你能跟我一組嗎？」

「我能跟你一組嗎？」

「藍士仁同學，我們一組好不好？」

班上一群女生跑來邀請我加入她們的組別，當然也有男生，不過全被這群反應激動的女生們擠了出去。

我一下子就被女生們團團包圍，完全看不見黃芯婷的身影。

「可以……跟我一組嗎？」

赫然發現，眾多邀請者之中還包括了剛才對黃芯婷冷嘲熱諷的女生。

「不好意思。」我對著那個譏諷黃芯婷的女生說道：「我不想跟妳一組。」

雖然這和我溫柔的紳士形象有點不符合，不過也算是替黃芯婷出了口氣。說來我對黃芯婷還算不錯吧？哈哈！

這時我從包圍的人群之中發現一道隙縫，恰好看見了黃芯婷孤單的身影，她就這麼呆坐在位置上，似乎沒有女生肯和她同組。

對於男生的邀請，黃芯婷又因為太過害羞而拒絕。

「真是難搞的傲嬌耶！」我低聲碎唸道，從人群之中站了起來。

女生們還以為我終於要答應她們其中一人的邀約了，紛紛露出期待的神情，然而我只是面帶微笑地穿過她們，走向面無表情卻淡淡哀傷的黃芯婷。

「喂，妳長得像外國洋娃娃一樣可愛，竟然找不到同組的人？」我嗤之以鼻的說。

「女生本來就這樣。」黃芯婷淡淡的說：「長得好看被排擠、長得難看也被排擠，再說她們本來同個國中就認識了，和我完全不熟……」

「真拿妳沒辦法！」我無奈地抓了抓頭。

「啊？」

我指向正在登記組別的家政老師，直呼：「我就跟妳同一組吧，兩個人一組應該也沒問題！」

聽見了我的話，後方的女生們發出不滿的聲音，還有人碎唸道：「她憑什麼啊？」

三次元的女生果然恐怖，連分組都能產生如此強大的恨意。

對於我的邀約，只見黃芯婷一臉不屑、冷笑著說：「不要。」

「……」我整個人鐵青著臉，僵硬在原地動彈不得。

後方那群女生也感到錯愕，卻也重新燃起了邀請我加入組別的希望。

我故作鎮定，拍了拍黃芯婷的肩膀、乾笑著說：「芯婷妳真體貼，想讓我和其他女生同一組，只不過……」

「沒，我只是不想跟做作……」

黃芯婷的話還沒講話，我便伸出手掩住她小小卻毒得要命的嘴巴，笑容僵硬、眼神充滿血絲、咬牙切齒地說：「妳到底想不想挽回賴義豪的心啊？」

聽見我的話，黃芯婷怔了一下，這才咬著下唇，拚命點頭。

我鬆了口氣，直說：「很好～那我們就同一組囉？」

「切！」黃芯婷居然一副很不甘願的模樣，實在很不給面子。

「給點面子好嗎？妳看後面那群女生想跟我同一組都沒機會耶～」我小聲地說。

「呸！」黃芯婷在我腳旁吐了口口水。

這個瘋女人，不整死妳我就不姓藍！

分完組後，家政老師在臺上講解製作肉醬、青醬義大利麵的差別和流程，還不忘擺腰扭臀，刻意彎下腰來露出那驚人的馬里亞納海溝。

家政老師嬌滴滴的聲音和撩人性感的模樣，我發現男同學們上課格外認真，每雙眼睛緊盯著老師的一舉一動，連眼睛都捨不得眨、流了鼻血也沒空擦。

女生們自然是臭著一張臉、表情複雜，還發現黃芯婷悄悄地瞧了自己發育不良的胸部一眼。

「男生是不是都喜歡大胸部啊？」黃芯婷小聲的問。

我看向穿著制服的黃芯婷，胸前一片平坦，就如桃園中正機場，給人一種走在路上也不會被絆倒的安心感。靠近聽，彷彿還能聽見飛機起飛那浩蕩的聲音。

「唉……」我長嘆一聲，不多說什麼。

「嘆、嘆氣是什麼意思嘛！」黃芯婷惱羞成怒地拿起雞蛋，作勢要砸向我。

見狀，我趕緊說：「不要浪費食物喔，會遭天譴的！」

「哼！」認同浪費食物是件不好的事情，黃芯婷這才將雞蛋放下。

「好啦，也不是說所有男生都喜歡大胸部啊～」我輕嘆，無奈地笑了一聲，「這個世界那麼大，當然也會有人喜歡貧乳啊！」

「……貧貧貧乳……」黃芯婷突然低下頭支支吾吾的，表情非常不自然。

我皺著眉，完全聽不懂她想表達什麼。看著黃芯婷面紅耳赤、欲言又止的模樣，我直問：「妳想講什麼嗎？」

「你、你你你覺得……」黃芯婷邊說、臉頰變得越來越紅潤，「賴義豪會喜歡貧貧貧貧乳嗎？」

「不知道，直接問他不就得了？」我失笑，看向坐在另外一處的賴義豪直呼：「喂，班長！」

「？」賴義豪聽見我的叫喚聲，反射性地轉頭看了過來。

「唔啊啊啊——！」

黃芯婷的嘶吼聲穿過了我的耳膜，還來不及反應，一股強大的衝擊力便立即撞在我臉頰上。

「碰！」好大一聲，瞬間天旋地轉。

有那麼一剎那，我看見往生已久的阿嬤在河岸邊向我招手。

我倒在地上慘叫：「妳、妳幹嘛打人啊？」劇痛經由臉頰傳遍全身，黃芯婷雖然身材嬌小，但是力氣大得驚人。結實地吃了她的一拳，我整個人四肢無力、眼冒金星。

「你、你你你是白痴嗎？」黃芯婷害羞得臉頰滾燙、眼角泛淚，惱羞成怒地揪著我的領口罵道：「哪有人直接問的啊，變態！」

「我們都是男生，直接問很正常好不好！」

「不管啦，不管不管不管不管啦！」黃芯婷歇斯底里地又吼又叫，再次高高舉起緊握的拳頭。

我嚇得屁滾尿流，改口說：「好、好，不問……不問就不問！」

「呼……呼呼呼……」

聽見我的話，黃芯婷才慢慢冷靜下來、將拳頭鬆開，這個瞬間，有股電流從黃芯婷小小的手掌內釋放，又有一股令人窒息的強大殺氣慢慢消失。

靠夭，黃芯婷剛才是想殺人滅口嗎？

「那麼程序講解就到這裡了，現在，請各位同學們自己親手製作看看！」

家政老師將平底鍋內的義大利麵倒在盤子上，淋上醬汁，令人垂涎三尺的味道撲鼻而來，轉眼教室內香味四溢，充滿了香濃義大利麵的香味。

我和黃芯婷表情大變，兩個人愣在原地。

「妳有聽老師剛剛講解的流程嗎？」我問。

黃芯婷搖頭，臉色鐵青地說：「沒有……我剛才忙著揍人，你呢？」

「沒有……我剛才忙著被揍。」我也搖搖頭，臉色鐵青。

「怎、怎麼辦啊？」黃芯婷這下慌張起來了。

當我們在討論貧乳的話題時，家政老師已經將製作義大利麵的流程都講解完了，剩下的就是實際操作。但是我和黃芯婷根本沒有聽到課程內容，所以兩人只能愣在原地，久久不發一語。

「別擔心，在《姐戀Ⅱ》的時候我有過製作義大利麵的經驗……雖然記憶有點模糊，不過配上我的聰明才智，應該不成問題！」我邊說，轉身看向擺在桌上的材料，有麵粉、醬汁、奶油、雞蛋。

「《姐戀Ⅱ》是什麼啊？」黃芯婷好奇地問。

「戀愛遊戲啊，神作耶！妳居然不知道？」

「……我又沒有玩那種東西。」黃芯婷不悅的嘟起嘴。

我拿起麵粉、奶油和雞蛋，再將奶油和太白粉倒入碗內沖水，邊問：「那妳平常在家都在幹嘛？」

「睡覺。」黃芯婷張大眼睛，看著我攪拌奶油和太白粉的混合物。

我將手中的碗公遞給黃芯婷，接著說：「除了睡覺之外呢？總是有些休閒活動吧！」

「？」黃芯婷接過我攪拌到一半的奶油和太白粉，一臉困惑。

「幫我攪拌均勻啊，難道妳打算在旁邊看到下課嗎？」我沒好氣說道。

「喔……」黃芯婷點了個頭，開始攪拌，速度之快，只見碗公裡面的太白粉和奶油灑了滿地，「我還會四處逛街，用超能力偷偷幫助別人。」

「用超能力搞破壞吧……」我搶在太白粉和奶油被灑光之前拿回碗公，再將麵粉團扔給黃芯婷。

「又要幹嘛？」黃芯婷手裡捧著麵粉團，鼻子上還沾有剛才灑出來的奶油。看起來就像偷跑到廚房玩耍的小女孩那樣可愛。

「噗哧，妳的臉上有奶油啦！」我笑道，伸手將黃芯婷鼻頭上的奶油擦去。

「我自己擦就可以了啦……」黃芯婷嘟起嘴、表情複雜地瞪著我，臉頰微微泛紅。

真的很容易害羞耶，這個傢伙。

「揉麵粉妳總會了吧？」我問。

「當然。」

「嗯，我找擀麵棍給妳。」

「揉好了！」

下一秒，黃芯婷將揉得細綿的麵粉團丟給了我，我伸手一摸，柔軟度恰好，令人難以置信。

「等等，妳沒有用擀麵棍？」我吃驚得目瞪口呆。

「沒有啊。」黃芯婷皺眉。

「那妳怎麼揉的？這團麵粉很硬耶！」

「直接用手啊！」黃芯婷不耐煩的說：「趕快接著做啊，不然哪來得及在下課前煮完義大利麵？」

這個怪力也太方便了吧？還真不愧是超能力啊！

不對，能承受好幾次這種怪力的攻擊還可以活下來的我，在某方面來說也算是超能力了吧？

「OK，接下來把麵粉團切成一條條的，越細越好。」我將菜刀和麵粉團遞向黃芯婷。

「為什麼都我弄啊？」黃芯婷不滿的問。

「妳是不是想親手下廚給賴義豪吃？」我反問。

「好，交給我吧！」黃芯婷的態度三百六十度大轉變，立刻將麵粉團扔在桌上狂剁。

「麵條成形之後，先丟進滾沸的熱水裡煮三分鐘。」

「好！」

「接下來將醬汁和絞肉攪拌在一起。」

「好！」

那個總是唱反調、和我作對的黃芯婷，為了親自下廚給喜歡的人吃，竟然沒有任何怨言地聽從我的命令。看著她認真的神情，我心底不自覺地羨慕起了賴義豪。

身旁有這麼一個肯為他努力付出的女生，他為什麼沒有發現呢？

將義大利麵的雛形完成後，黃芯婷沾滿麵粉和醬汁的小臉揚起幸福的微笑。

我居然在一旁看得入迷，不過……這麼可愛的笑容，任誰都會看得出神吧？

「好了，然後呢？」黃芯婷興奮的問。她滿心期待地盯著我，雀躍的情緒毫不保留地從她那雙水汪的大眼傳來。

我從口袋內拿出準備已久的瀉藥與辣椒粉的混合物，說：「將這個倒進去……」為了避免黃芯婷察覺異狀，我還刻意壓抑自己的笑容，不讓邪惡的嘴角上揚。

為了看黃芯婷出糗，我不惜和她同組、教她製作義大利麵，就是為了這一刻啊！

藍士仁你真是全世界最邪惡的男主角啦——哈哈哈！

「好！」黃芯婷毫不懷疑地伸出手。

心臟撲通、撲通地跳，我的嘴角不自然地抽搐，很怕機靈的黃芯婷嗅到邪惡的味道。

就在黃芯婷那纖細的手指即將碰到辣椒粉與瀉藥的混合物時，她，停頓了。

我的表情沒有改變，但是冷汗已經在這一瞬間流滿了全身。

該不會東窗事發了吧？

我故作鎮定地問：「怎麼了？」

「就……就……」只見黃芯婷嘟起嘴、臉頰泛紅，害羞又彆扭地說：「謝謝你……」

「啊？」我錯愕了一下。

「我平常不顧及你的形象，老是欺負你……你還肯這樣幫我，真的很謝謝你，藍士仁。」黃芯婷咬著下唇，那張甜美的臉蛋已經紅得不像話了。

真是難為她，身為傲嬌竟然能這麼坦承地說出自己的真心話。

「噗哧！」我愣了幾秒，突然爆笑出來。

「？」黃芯婷瞪大眼睛看著我。

「誰要幫妳啊？」說完之後，我就將還沒交到黃芯婷手中的辣椒粉與瀉藥混合物朝窗外一扔。

「你！」黃芯婷看得目瞪口呆。

「哎唷，手滑了耶～」我竊笑的說。

只見黃芯婷眼角泛出淚光，又氣又惱地說：「你幹嘛這樣啊，笨蛋！」

「碰！」

又是一拳招呼在我臉上，黃芯婷的怪力真是絲毫不手下留情，我連慘叫都省了，整個人筆直得倒在地上、失去意識。

藍士仁，你到底……

在幹什麼啊？

○●○●○●○

昏迷間，聽見鐘聲從耳邊響起。睜開眼後，我的臉頰又腫又痛。

家政教室內已經空無一人，走廊上的吵鬧聲逐漸變小。

是上課鐘啊？比起最初被黃芯婷一拳揍昏到放學，看來我進步了不少。

只不過昏迷了一節課。

「呃……」起身後，我發現家政教室內除了我以外，還有一個嬌小的身影窩在角落。

「妳在這裡幹嘛？」

走近一看，果然是黃芯婷。

只見她眼眶泛紅，臉頰上雖然沒有淚水，但淚痕卻清晰可見。

「哦、喔，我只是在休息啦……」黃芯婷故作無事地笑，從角落爬了起來。

我面無表情地看著黃芯婷，她手裡緊握著一袋煮到爛透的義大利麵，還微微散發著燒焦味。

「東西有交給他嗎？」我明知故問。

黃芯婷搖了搖頭，說：「沒有啦，就……煮得不好，仔細想想我這個人本來就笨手笨腳的，親自下廚什麼的……果然、果然還是……」

「他說什麼？」我冷冷的問。

聽見我的話，黃芯婷怔了一下。

好不容易從角落爬起來的她，又忍不住癱坐在地上。

「他說……義大利麵煮得太久了，糊掉根本沒辦法吃，叫我……叫我扔了它。」黃芯婷說完，還自嘲了一下：「噗哧！本來就是啊，煮壞了當然要丟掉，哈哈……哈哈哈……」

看著黃芯婷強顏歡笑的模樣，我不知道為什麼身體自己動了起來。

走近黃芯婷，我面無表情且正經地說：「拿來！」

「什麼？」黃芯婷有些吃驚。

我也不多說什麼，直接伸手搶過她藏在背後的那袋義大利麵。

果然失敗了，義大利麵糊成一團，完全沒有麵的形狀，反而像是沾水後的黏土。拿近還能聞到濃厚的燒焦味，怪不得賴義豪會拒吃這盤義大利麵。看來我昏倒的期間，黃芯婷根本不知道義大利麵該煮多久，難怪會這麼失敗。

打開袋子後，我拿起像是黏土的義大利麵糰，一口接一口的往嘴裡塞。

又甜、又苦、五味雜陳。

「你、你幹嘛？」黃芯婷瞪大眼睛不敢置信地看著我，「會吃壞肚子的，笨蛋！」

「很好吃……」我嘴裡塞滿了義大利麵塊。

「……」黃芯婷坐在地上看著我。

「真的，很好吃。」

「騙人……」

「真的很好吃，所以，別哭了好嗎？」

第四章

兩個選擇。

人類的生命如此脆弱……以前，我還不明白這句話究竟有什麼意義。

直到急性腸胃炎爆發，上課到一半的我突然兩眼翻白、口吐白沫，胃痛得我失去意識，才明白——人類，真的很脆弱。

只不過是吃了一袋煮爛的義大利麵，我竟然差點送命！

果然現實世界和戀愛遊戲是有些差距的。

遊戲中的主角，無論前一天吃了多少失敗的料理，隔天都能生龍活虎、滿面笑容地和別人打招呼。

而現實中的我，只不過是吃了一袋煮爛的義大利麵，居然就再一次看見了往生已久的阿嬤在河岸邊招手。

班上同學們發現我的異狀時，大驚小怪地又是慘叫、又是尖叫，全部圍繞在我的座位旁看戲，還不知道哪個女生偷親了我的臉頰一下。

臨危不亂的老師派出兩位男同學扛著我去保健室，正當他們走到我身旁時，我虛弱地睜開眼睛，模糊視線之中看見了黃芯婷的表情。

好難過的神情，難道又闖禍被賴義豪討厭了嗎？

只見黃芯婷推開那兩位男同學、捉住了我的手臂，不顧眾人的目光硬將我拖出教室，到了無人的走廊轉角，班上亂哄哄的聲音還在耳中徘徊，可我的意識卻越來越模糊。

下一秒竟然變得如此寧靜，空氣中充滿了藥水的味道，一陣寒意傳遍全身。

怎麼會這樣？難道我死了嗎！

急促卻小心翼翼的腳步聲從耳後傳來，我強忍著嘔吐的衝動，微微地張開眼睛。

「這裡是……？」

放眼望去，多是穿著白袍的人來來回回，腳步急促。

「醫院的急診室啊。」

在我身旁的人，竟然是黃芯婷。

剛才撲鼻而來的濃厚藥水味，原來是醫院啊。至於剛才那一陣寒意，就是醫院的冷氣了吧？還以為自己掛了呢。

「是救護車送我來的嗎？」我躺在綠色的病床上，想必臉色蒼白、狼狽不堪。

「我用瞬間移動帶你來的。」黃芯婷嘆了口氣，接著說：「早叫你別吃那包義大利麵了吧，看看你現在這個樣子！」

「呵、呵呵……那包義大利麵，很好吃。」

「什、什麼！這時候還在講這種話，你是笨蛋嗎？」黃芯婷吃了一驚，臉頰飛紅。

看著黃芯婷支支吾吾的模樣，感覺她心情恢復了不少，不知道為什麼……我因此而感到安心，心底好像卸下了一塊大石頭。即使身體虛弱，還是不自覺地笑了出來。

昏昏沉沉的，彷彿隨時可以睡著。直到戴著口罩的醫護人員擋住天花板上那亮得刺眼的日光燈後，我才鬆了口氣，沉沉地睡去。

○●○●○●○

櫻花伴隨著夏日的微風，環繞在一對即將畢業的男孩與女孩身旁。

鐘聲細數著離開學校的日子，那棵高聳的櫻花樹下，女孩沾滿汗水的手心捏皺了好不容易拿到的畢業證書。

「怎麼了嗎？突然找我來這裡？」男孩抬頭看著漫天紛飛的花瓣，彷彿撥映著過去在學校的種種回憶。

女孩也有相同的感覺。一片片花瓣從身旁飄落時，就有一段美好的片段自腦海浮現。

「我……我對你……」女孩將手中的畢業證書握得更緊了，好像能從中擠出一些勇氣似的。

男孩的笑容在陽光穿透的櫻花樹下是如此的閃耀動人，女孩努力地保持清醒，試圖用盡勇氣說出自己的心意。

過了一會……

「抱歉，我該走了。」男孩滿懷歉意的說，隨即轉身離開。

留下提不出勇氣、來不及開口的女孩，呆呆站在原地。

「啊啊啊啊——」我大叫一聲，從夢中驚醒。

道路施工的噪音從窗戶外傳來，太陽灑進我的房間，麻雀在電線杆上七嘴八舌地閒聊，一切是那麼的平常。

「是夢？」

剛才那個夢境我還歷歷在目，身為戀愛遊戲達人的我立刻想起了夢裡熟悉的場景。

「為什麼會夢到《戀愛遊戲之青澀蘋果Ⅲ》的 BAD END？」

《戀愛遊戲之青澀蘋果Ⅲ》是我唯一失敗的戰役。由於攻略的對象並非女生，而是以女主角的身分攻略男主角，所以原本就是男生的我，完全玩不下去！最後當然是以壞結局收場，而那片遊戲光碟也永遠封存在抽屜裡，再也沒有碰過。

「都已經這個時間了啊……」撐起身子、我看向床頭上的鬧鐘。

在醫院打了針、吃了藥，回家後我便沉沉的睡去，醒來時已經是隔天早上九點十分，連學校都不用去，老媽應該是替我請好假了。

腹部還微微發疼，看來今天的我只能吃些清淡的食物，免得腸胃炎又復發。

難得請假、耳根可以清靜一陣子，遠離黃芯婷這個殘暴的超能力女，我好像走出隨時會被一拳打爆的陰影，覺得人生又充滿了希望。

來到了客廳，餐桌上收得一乾二淨，只擺著幾百塊當成我的吃飯錢，這個時間點老媽應該已經去上班了。

「又去老爸的公司幫忙啊……」我將桌上的百元鈔票收進口袋、喃喃自語道：「明明老爸都不在國內，媽媽應該可以過得更輕鬆一點的呀。」

自從我上國中之後，對老爸的印象就越來越模糊了。身為貿易商的父親，平時忙於奔波各國，回臺灣陪伴家人的時間可說是少之又少，每半年可能只有兩、三天的時間在家。

媽媽平時一副女強人的模樣，除了家務事，還會去爸爸在臺灣的公司幫忙，表面上生活過得充實忙碌，但是……每逢節日，只有我一個兒子陪她共餐，一家之主的座位永遠是空缺的，這對一個女人來說，不寂寞一定是騙人的。

「不如趁今天請假，出門逛逛街，順便幫老媽買個禮物，給她一個小驚喜好了！」我在心中決定，隨手抓起沙發上的外套披上。

猛一想起，今天還是最新版《戀愛遊戲之峽谷末日V》的發售日！

「天助我也啊，哈哈！」我難掩興奮地獨自發笑，迫不及待的走出家門。

《戀愛遊戲之峽谷末日V》是我最喜愛的系列作，遊戲背景一開始就是驚險刺激的大峽谷，男主角必須一邊生存、一邊贏得女主角的芳心，完成許多困難的關卡才能算是破關。

記得第二代接近尾聲的章節，男主角和女主角遭遇峽谷最棘手的敵人，對方心狠手辣、殺人不眨眼，當時女主角被敵人鎖定、命在旦夕，情況迫在眉睫時，男主角只有兩個選項：「捨身搭救女主角」、「相信女主角能避開要害，自己則打倒敵人」。

一般人鐵定會選擇「捨身搭救女主角」吧？呵呵……太天真了！

當時我毫不猶豫選擇了後者「相信女主角能避開要害，自己則打倒敵人」。不出所料，男主角打倒敵人後，女主角也平安無事，遊戲才順利過關、皆大歡喜。

這就是一款不單單是戀愛遊戲，還充滿了熱血與刺激的經典大作。

興奮的我一邊回想《峽谷末日》前幾代的劇情，轉眼來到了熱鬧的市區，人來人往、車水馬龍，好不熱鬧。

五彩繽紛的招牌掛在高樓大廈上，正中午的烈陽照得我無法直視，紅綠燈前擠滿了機車騎士和喇叭不停的汽車，這就是臺灣特有的景色之一，擁擠的道路上各個機車騎士都是越野好手，穿越無數個障礙物、馬路上的坑洞對他們來說就像家常便飯一樣。

綠燈亮起，走過斑馬線時，我瞥見一名臉色難看的機車騎士。

可想而知炙熱的太陽令人難耐，善良的我充滿同情的視線看著機車騎士，給予一份微笑，希望能使他感到窩心。

「看三小？」機車騎士罵道。

嗯，看來那名騎士感受到了我的關懷。

真開心，又做了一件好事！

「中壢火車站怎麼走？請問一下，不好意思！」

突然，濃厚的外國腔調和奇怪的文法從耳邊傳來。

轉過頭一看，眼前是位身材姣好、成熟性感的外國女性，簡單俐落的短髮衝擊我的視線，標準的金髮與深邃的五官令我看得目不轉睛。

「呃……往前走，過元化路的紅綠燈左轉就是了。」我指著通往火車站的路，眼睛還離不開外國女性充滿成熟魅力的穿著。

她一身帥氣的黑色西裝，好像特務似的，給人一種濃厚的神秘感，被那雙藍色的眼眸直盯著，彷彿吸住了我的視線。好美啊，身材又高䠷，想起同樣是金髮的某人，居然能差這麼多。

「世界真不公平啊，嘖嘖。」

「Thanks～」外國女性和我道謝後，快步離去。

哎，那位外國大姐應該有一百七十公分吧？

記得黃芯婷也是外國混血兒，怎麼就沒有遺傳到外國人高䠷的基因呢！

「噗哧！沒遺傳到就算了，身高甚至停在國小階段。」想到這裡，我便忍不住在街上暗自竊笑。

「媽媽，那個大哥哥好奇怪喔～」這時路過的一名小學生指著我說。

只見他的母親趕緊將他拉走，用小聲卻能讓我清楚聽到的音量說：「那是怪人，不要亂看！」

我才不是什麼怪人呢！只是笑起來的模樣有點猥褻，喜歡把舌頭伸出來、翻白眼，然後流口水掛在嘴角。

「中壢火車站怎麼走，請問一下，不好意思！」

這時，濃厚的外國腔調和奇怪的文法又從耳邊傳來。

今天怎麼老是被外國人搭訕？

我轉頭一看，眼前竟然是剛才問過路的外國大姐，只見她一臉正經，顯然完全忘了她不久前才向我問過路這件事。

「呃……嗯，妳往這裡直走、然後左轉，就看得到火車站了！」我省去複雜的說法，以最簡單的方式告訴她。

「Thanks！」外國大姐向我微笑示意，快步離去。

我用如此簡單易懂的說法報路，這外國大姐應該不會迷路了吧？

如果又迷路，那她鐵定是個笨蛋！

「我還是不清楚火車站的路怎麼走呢，請問一下！」過不到幾秒外國大姐又繞回來。

「北七——」這位外國女性路痴的程度實在是令人震驚，以至於我忍不住喊出了內心的聲音。

不過好險……我講的是臺語，外國人一定聽不懂。

只見那位外國大姐失笑，直呼：「靠夭，你才是北七吧！」

哇塞——她不但聽得懂，還罵得比我流利。

為什麼連問路的文法都不太會的外國人，講起臺灣國罵可以這麼流利啊！

「呃，妳真的找不到路嗎？」我一臉狐疑。相信智商有五十的正常人都能找得到火車站那麼大的地標，除非是羅羅亞索隆。

「Yes，路標上的繁體字我看不太懂，害我找了好久！」外國大姐故作生氣地說。

不過，從她精明能幹的外表來看，絕對不是個容易生氣的人。嗯，和某個脾氣暴躁的小女孩天差地別。

「該不會其實妳是想搭訕我吧？」我開玩笑的說。雖然因為急性腸胃炎而臉色蒼白、氣色不佳，但仍藏不住我俊美的五官，淡淡的淺笑中夾雜著一絲虛弱，更顯得憂鬱之美，像外國大姐這樣女強人屬性最受不了我這類型的男生，完全激發出她的母愛本能，恨不得保護我一生一世。

「沒有，不可能的事。」外國大姐毫不猶豫地說。

OK，被打槍。

「呵呵，以男性來說，確實你的外表出眾……」外國大姐面帶微笑地說：「但是我不喜歡男生呢。」

「什麼！」我吃驚得張大嘴巴。早該猜到了，那男性化的俐落短髮，大剌剌、毫不掩飾的豪邁個性，一身酷勁十足的黑色西裝，原來外國大姐喜歡的對象是女生呀。

百合嗎？也不錯！

「那麼，能請你帶我到火車站嗎？我有點趕時間。」外國大姐笑著，亮出手上的名牌手錶。

「沒問題，反正我要去的店也在火車站附近。」

我快步走進市區的徒步街，一路上人來人往，而那位外國大姐也緊跟在後。

放眼望去，街上有各式各樣的店面，商品琳瑯滿目；服飾店店員笑容可掬地站在門口等待客人上門。

現在正好是中午時分，最忙碌的莫過於小吃店，裡面擠滿了人，店員和廚師忙得不可開交、焦頭爛額。

「妳來臺灣工作嗎？」路途上我好奇地問，眼看火車站就在不遠處。

「不，我是來找姐姐的。」外國大姐答道。

「姐姐啊……」以眼前這位外國大姐給人的第一印象來看，她的姐姐想必也是個身材高䠷、精明能幹的大美人。

「Yes，她在臺灣讀書。」

「是喔，大學生？」我問。
外國大姐搖頭，微笑著說：「No，高中生喔，高一。」
「什麼？」我吃驚地張大了嘴。高一，不就和我一樣！
「Yes。」外國大姐點頭。
「妳的姐姐現在就讀高中一年級，那妳……」
只見外國大姐毫不猶豫的說：「我在美國讀書，目前就讀九年級。」
我的媽啊，這位外國大姐的實際年紀比我還小！
「天哪！」我難掩吃驚，不敢置信的神情表露無遺。
外國人的發育也太好了吧？才國中生而已，竟然已經散發出如此成熟的美感！
「呵呵，前面就是火車站了嗎？」
「嗯。」
原本可以走更快的捷徑到達，可是那條小巷竟然被三、四輛黑色的轎車堵住了，真是沒品！哪有人把車開進來小巷啦？
「Thanks，這樣我知道了！Bye～」外國大姐向我答謝後，快步離去。

「拜拜！」

○●○●○●○

雖然只是短短的邂逅、雙方都不知道彼此的名字，但是卻讓我大開了眼界。外國人的基因果然不同凡響，僅僅十五歲的女生竟然長得如此成熟性感。

相較之下……我那位一百四十五公分的同班同學，噗哧！

道別外國大姐後，也差不多到了新遊戲光碟開賣的時間，我快步趕往附近的電玩店，只見開進小巷的黑色轎車越來越多，整條路都被它們堵住了，難以通行。

「怎麼這麼沒道德啊？」我嘆了口氣。明明是人行的徒步街，居然還把汽車開進來停放，這要我們這些走路的人該如何是好！走到馬路上給車子撞嗎？啊？

我隨手撿起地上的一塊石頭，直罵：「說啊，車子為什麼可以開進來亂停？說啊！」

「靠杯喔，石頭不會講話啦！原本就知道你這個人怪怪的，想不到病得這麼嚴重……竟然跟石頭自言自語。」

小女孩般可愛的娃娃音傳入我的耳內，雖然內容非常的毒舌。

轉頭一看到那令人耳熟的聲音主人，我瞬間跌入了阿鼻地獄、震驚得目瞪口呆，愣在原地久久無法動彈。

「為什麼妳會在這裡！」我近乎慘叫的喊道。眼前那位金髮及腰、身材嬌小，有著甜美臉蛋卻總是臭著一張臉的人，正是黃芯婷本人。

見鬼啦！這個時間，她不是應該在學校上課嗎？

「我來找人啊。」黃芯婷皺著眉，反問我：「倒是你，昨天不是緊急送醫嗎？今天應該好好在家裡休息啊，為什麼還跑出來鬼混！」

「我哪有鬼混啊！」我反駁道。

「不然？」黃芯婷歪著頭。

我指向不遠處的電玩店，門口已經大排長龍，好多人在等待新遊戲開賣的瞬間。

「今天是戀愛遊戲經典大作《峽谷末日V》的初售日啊！」我雙手握緊、仰望著天空，激動地說。感動的眼淚不爭氣地從眼角泛了出來，可見《峽谷末日》是多麼經典、多麼珍貴的神作。

「無聊。」黃芯婷嘆了口氣。

「什麼無聊！」我氣得想罵人時，才發現黃芯婷今天似乎也沒有去學校。因為她穿著便服，而不是學校的制服。

話說回來，穿著便服的黃芯婷也別有一番風味。不同於制服時給人的暴力印象，那身潔白的蕾絲襯衫、融合深紅與黑色的格子短裙，給人一種甜美動人卻不失神秘的魅力。

配上她那頭閃耀光澤的金色長髮以及天生麗質的白皙肌膚，我好像置身國外，不經意地撞見了附近的外國女孩。

有種感覺，她會對我溫柔地微笑，然後說句「Hello, Boy～」。

「看三小！一直盯著人家看，真噁心。」黃芯婷神情作嘔地說。

嗯，這裡是臺灣。

「唉唷，都是妳害的啦！」我罵道。回過神來才發現，電玩店外的人潮已經排到了街角，以目前的情況看來，今天要買到《峽谷末日V》的機率是小之又小。

「跟我什麼關係啊？」黃芯婷失笑。

「總之我現在要去排隊買新遊戲光碟了，妳去找人吧，拜拜！」我隨意的敷衍黃芯婷後，朝排隊的人潮踏出第一步。下一秒，全身卻像是被綁住似的，動彈不得。

「咦！」見鬼了，我緊張的東張西望，根本沒有人抓住我啊，為什麼不能往前走？

「做作男，你的態度真令人討厭。」黃芯婷雙手環胸，一副跩樣。

我立刻明白發生了什麼事，那個天殺的黃芯婷竟然用超能力把我禁錮了！

「別鬧啦，妳看越來越多人去排隊了耶！」我緊張地用眼神示意不斷增加的排隊人潮，接著說：「妳會害我買不到遊戲光碟啦！」

「幹嘛要排隊啊？」黃芯婷好奇的問。

我聽過許多白痴的問題，但是這種白痴到不行的問題還是第一次。

我好氣又好笑的說：「當然要排隊啊，不然妳要怎麼買遊戲光碟？」

「開賣的時候，直接走進去就好了啊。」黃芯婷。

我嘆了口氣，看來黃芯婷不只外表像小學生，連腦袋也像。

「妳也太天真了吧？門口當然會有店員擋人啊，沒有排隊是不會讓妳進去的。」

黃芯婷冷笑：「用瞬間移動進去不就好了？」

「對吼！」我怎麼都沒有想到這件事？有了黃芯婷方便的超能力，我真的連排隊都不用排隊，輕而易舉就能到達店裡。

「哈哈，那就謝謝妳啦！」我開心笑著。想到不必排隊就能輕鬆買到新遊戲光碟，整個人樂得快飛上天了。

「？」黃芯婷突然揚起邪惡的笑容，淡淡地說：「謝我什麼？我又沒要帶你進去。」

所謂近朱者赤、近墨者黑，是不是黃芯婷接觸我太久了，想法也變得邪惡了？

「不要這樣啦，妳太過分了！」我哭喪著臉說。

「啫～」黃芯婷彈指，應聲解除超能力對我的禁錮，接著說：「去排隊吧，拜拜！」

「等、等等啊！」我大步撲向黃芯婷，一把將她嬌小的身體抱住，用既誠懇又可憐的模樣說：「芯婷妳不能丟下我啊，沒有妳……我就買不到《峽谷末日V》了啊！」

「你、你你你你幹嘛突然抱住我？快放手！」生性害羞的黃芯婷被我這麼一抱，甜美的臉蛋瞬間面紅耳赤，還緊張得連講話都結結巴巴、口齒不清。

「不要，除非妳答應帶我進去！」不顧旁人的目光，我抱她抱得更緊了，為了《峽谷末日V》我整個人已經豁出去了。

「現在的情侶真親熱啊……」

「光天化日之下的……」

「好羨慕啊！」

一旁的路人和排隊的人潮果然注意到了我和黃芯婷，他們打量著我們，窸窣聲此起彼落引起不小的騷動。

「好、好啦——我帶你進去就是了，快放手！」黃芯婷氣急敗壞地說，冷不防的往我腦袋招呼一拳。

「太棒了，謝謝芯婷！」我強忍著近乎昏歇的痛楚，讚道。沒錯，《峽谷末日V》就是這麼一款即使犧牲性命也在所不惜的經典大作！

「真、真真真是無聊，竟然為了遊戲做到這種地步！」黃芯婷紅著臉頰氣呼呼的說。

轉眼，排隊的人潮開始前進，最前端的人擠進電玩店，終於到了遊戲光碟開賣的時刻。電玩店的店員拿出等候招牌與紅布條畫出分界線，只讓部分排隊的人進去，每個人無不露出興奮的神情，迫不及待進電玩店搶購新遊戲光碟。

「走吧，我們快點進去。」我看著一臉不屑的黃芯婷，激動地說：「前一百名買到新遊戲光碟的人，還附贈限量海報耶！」

「唉，為什麼我的超能力要用在這種地方？」黃芯婷嘆了口氣，伸手搭住我的肩膀。

原本還在電玩店外頭看著大排長龍的人潮，耳邊充斥著喧囂的叫賣聲、隔街汽車的喇叭聲，而下一秒竟然變成了電玩店內，站在琳瑯滿目、令人眼睛為之一亮的遊戲光碟區！

想必店內的冷氣已經開到最強了，不過擠在裡面的人群產生大量的二氧化碳，造成店內又悶又熱，黃芯婷一踏進電玩店的地板，臉色瞬間大變。

「好、好重的汗臭味喔！」她捏著小小的鼻子喊道。

「我們就這樣突兀的出現在裡面，不會被發現嗎？」我緊張地環顧四周，就怕路人撞見我們憑空出現在店裡面，不嚇死才怪。

「放心啦，瞬間移動會自動改寫人類記憶，看見的人都會認為我們是排隊進來的。」

「喔喔，真是方便的超能力啊！」我讚道。

「吼——真的好臭喔！」

「忍著點，我現在就去櫃檯買新遊戲，很快就好！」我拍了拍黃芯婷的肩膀。

放眼望去，櫃檯前也排了不少人，想必目的和我一樣，都是《峽谷末日V》。算一算，第一批進入店內的客人不過二十人左右，要拿到前百名的限量海報可說是輕而易舉。

這一切多虧了黃芯婷啊！加入櫃檯前排隊的人潮後，我滿懷感激地看向快被擠成肉餅的黃芯婷。

「好可愛的妹妹喔！」

「妳是外國人嗎？」

「笨蛋，這是Cosplay啦！」

「可以跟妳合照嗎？」

「皮膚好白喔！」

只不過離開黃芯婷一下子，她便被電玩宅們團團包圍，不過這也在我的預料之內啦！像黃芯婷那樣個子嬌小又是混血兒的美少女可不常見，男人們會為之瘋狂並不意外。

看著黃芯婷氣急敗壞地對包圍她的宅男們又踢又打，那些宅男們被她小小的拳頭打得口吐白沫、鼻血噴濺，卻還是一臉幸福的模樣，場面十分溫馨。

這時，我不經意地看見電玩店的鐵門竟然悄悄拉了下來。

奇怪，搶購人潮確實稱得上是盛況空前，但是有必要將鐵門拉下來嗎？

下一秒，轟然炸響的槍聲便回答了我心中的疑惑。

原本就很吵鬧的店內，因為槍聲和蒙面的歹徒出現更是尖叫與慘叫聲四起，連櫃檯店員都嚇得趴在地上，場面十分混亂。

「統統閉嘴！」蒙面歹徒又朝天花板開了一槍。

「砰！」槍聲巨響，店內瞬間鴉雀無聲。

在蹲低的人群中，幾個獐頭鼠目的人站了起來走向櫃檯，指著店員說：「把《峽谷末日V》的所有光碟放進袋子裡。」

原來歹徒不只一個人啊！大略算了一下，竟然多達四人，而且都持槍械，火力強大。

「我真的不明白。」黃芯婷躡手躡腳地走到了我的身旁，一臉不解的問：「這個遊戲真的有這麼好玩嗎？居然連強盜都來了！」

「這妳就不懂了～」我小聲地說：「這間電玩店是臺灣第一家開賣《峽谷末日》的店，歹徒們的目標絕對不是為了玩遊戲，而是為了轉手販賣，取得更高的價格。」

「噗哧！遊戲光碟是能值多少錢啊？怎麼不乾脆去搶銀行！」黃芯婷竊笑。

「這妳就錯了，這遊戲光碟是限量的，一片價值臺幣五千多塊，如果轉賣全部光碟，少說能賺上幾十萬呢。」

「這麼多喔？」黃芯婷吃驚地張大嘴巴。

「當然啊，而且比起戒備森嚴的銀行，電玩店更好到手。」我說。

黃芯婷聽得頻頻點頭，直呼：「滿有道理的！」

這時，站在櫃檯處的歹徒注意到了我和黃芯婷，舉槍指著我們大罵：「那邊兩個不要竊竊私語，找死嗎？」

「對、對不起！」我雙手抱頭，嚇得把身子壓得更低。

黃芯婷則一派輕鬆的坐在地上，淡淡地說：「有什麼好怕的啊？」

「笨蛋，他們有槍耶！」我一臉錯愕，真不知黃芯婷到底是十足勇氣還是十足白痴。

「切！」黃芯婷聳了聳肩，像個正義使者似的在蹲低的人群中站了起來，十分帥氣。

但歹徒完全沒注意到黃芯婷，因為太過嬌小，即便在蹲下的人群中還是不怎麼顯眼。

一整個掉漆啊，我強忍著爆笑，故作鎮定地問：「妳、噗……噗哧，妳到底想幹嘛？」

黃芯婷驚覺自己太過嬌小，以至於專心搶劫的歹徒完全沒有發現，所以她惱羞成怒地大罵：「你們這些白痴歹徒！」

「哇靠，妳瘋了喔？幹嘛激怒他們啊！」

「幹！」嚇了好大一跳的歹徒轉過身，拿槍指著黃芯婷。

「站起來幹嘛？蹲下！」其中一名歹徒喊道。

只見黃芯婷眼神一變，周遭的氣氛緊繃得令人喘不過氣，彷彿耳邊的聲音都消失了，看著歹徒們黑色面罩下的嘴巴又張又合，好像在大罵著什麼，非常激動。

「砰！」

劃破天際的槍聲轟然響起，這一聲巨響才將我強拉回現實，只見硝煙從槍口冒出，我嚇得瞪大眼睛、面色蒼白地看向槍口所指的方向。

黃芯婷……黃芯婷……

黃芯婷竟然把子彈接住啦——！

「好耶！」我發出歡呼，所有人質也跟著鼓譟起來。

趁著歹徒們嚇得目瞪口呆時，黃芯婷的身影瞬間消失在眾人眼前，所有人都抱著大大的驚嘆號，究竟她跑哪裡去了？

最吃驚的莫過於櫃檯前的三名歹徒了。下一秒，剛才朝黃芯婷開槍的歹徒忽然兩眼翻白、口吐白沫倒了下去。

「怎麼回事！」另外兩名歹徒驚呼。

只見黃芯婷不知何時出現在歹徒之中，以她強而有勁的怪力瞬間擺平了一名歹徒。

「是瞬間移動！」我讚道。

其他人質也開始拍手叫好。

「砰！砰！」

然而，凶狠的歹徒不理會已經倒下的同夥，舉起手槍毫不猶豫地朝黃芯婷猛開。

超能力發揮至極限的黃芯婷，哪怕如爆米花般大小的子彈？

只見黃芯婷揮起她那纖細的手臂，隨即一陣夾帶火燄的狂風吹起，將襲來的子彈燒成灰燼，順便吞噬了朝她開槍的歹徒。

燒焦味撲鼻而來，濃煙密布，另外一名歹徒嚇得拔腿就跑。而黃芯婷則不疾不徐的舉起手指了指，那名落荒而逃的歹徒竟然整個人定在原地動彈不得。

「念力禁錮嗎？太神啦！」我不久前才見識過這招的威力啊，一旦被禁錮後就如甕中之鱉，哪兒都別想跑啦！

「好啦，該怎麼收拾你呢？」眾人的歡呼聲中，黃芯婷得意地說。

被念力禁錮而動彈不得的歹徒睜大充滿血絲的眼睛，模樣十分恐怖，若不是擁有超能力的黃芯婷在場，我光是被那名持槍的歹徒瞪一眼就會嚇得屁滾尿流吧？

正當所有人注意力都集中在黃芯婷和動彈不得的歹徒身上時，我瞥見人群中有個舉止詭異的人質。仔細一看，那個人根本不是什麼一般民眾，而是歹徒藏在人質中的同夥！他悄悄的從腰際間拿出一把手槍，我則隨地拿起一根鐵製的掃把。

儘管我內心再怎麼呼喚，注意力全在動彈不得的歹徒上的黃芯婷根本沒有發現，還有一名強盜藏在人質之中。

他的目標是黃芯婷吧？

只要我趁著歹徒不注意，從背後偷襲、朝他的腦袋狠狠的砸下去，一切就結束了吧！沒錯，就像《峽谷末日》二代的劇情，男主角只要「相信女主角能避開要害，自己則打倒敵人」就會順利過關！

這時，那名藏在人群之中的歹徒站了起來，舉起槍向著還沒發現異狀的黃芯婷。

兩個選項：「捨身搭救女主角」、「相信女主角能避開要害，自己則打倒敵人」。

我立刻毫不猶豫選擇了後者——讓女主角冒險、自己則成功打倒敵人。

「喂，你這個搞偷襲的白痴強盜！」我向試圖偷襲的歹徒大叫，然後成功吸引了他的注意力。

所有人、包括黃芯婷，被我這麼一吼，才發現歹徒還有一個同黨躲在人質之中。

「砰！」

槍聲再度響起，我卻管不了這麼多了。冰冷的子彈貫穿我身體的痛楚遠勝過槍聲造成的耳鳴，我看著黃芯婷錯愕又驚恐的神情，視線逐漸模糊。

為什麼……這次，我卻選擇了「捨身搭救女主角」呢？

那名朝我開槍的歹徒被黃芯婷的念力拋出好遠，硬生生撞上天花板再墜落地板，摔個血肉模糊。

朦朧的意識中，我看見黃芯婷哭花了甜美的臉蛋，慌張的向我跑來。

只是躺在冰冷地板上的我，完全聽不見……焦急的黃芯婷究竟說了些什麼……

第五章

偷窺是禽獸的行為，
不偷窺則是禽獸不如。

「搶劫，不要動！」

凶狠的歹徒朝天花板開了一槍，巨響讓在場所有人無不尖叫逃竄，場面十分混亂。

我清晰地看見歹徒蒙面下充滿血絲的眼睛，近乎抓狂到令人感覺畏懼。

明明場面混亂、慘叫聲四起的人們到處逃竄，歹徒卻偏偏與我對上視線。

為什麼？

我既害怕又不知所措地舉起雙手，準備作投降狀，卻說不出話來，歹徒很憤怒的舉起槍向著我，張大著嘴、口沫橫飛，好像在跟我說些什麼。

我聽不到啊！我完全聽不到歹徒在說些什麼，耳邊只有人們慘叫求救的聲音！

「砰！」

清晰無比的槍聲震耳欲聾，我眼睜睜地看著胸前暈開一片鮮紅的花瓣，我中槍了……

「哇啊！」慘叫一聲，我從夢中驚醒。

只見自己正躺在房間內、汗流浹背，剛才的惡夢還歷歷在目，真實得令我上氣不接下氣，胸前還有被子彈貫穿的痛楚，到現在還隱隱作痛。

「不對，這不是夢……」我恐懼地掀開自己的上衣，赫然發現胸口竟然毫髮無傷！明明在電玩店的時候，我為了引開歹徒的注意力，胸膛上確實中了一槍啊！

腦海一片空白的我，錯愕地用手扶著額頭，只見窗外的天色已晚，看來電玩店的事情是今天才發生的，僅僅過了幾個小時而已。

「喀！」

這時房門被輕輕地打開了，我還以為是下班回來的老媽，便反射性地抬起頭看去，門口的身影竟然是金髮飄逸、身材嬌小的黃芯婷。

「妳怎麼在這……」

我的話還沒說完，只見門口的黃芯婷忽然消失、轉眼出現在我面前。

「啪！」

冷不防地一巴掌招呼在我臉上，痛得我又是慘叫、又是錯愕。

「幹嘛突然打人啊！」

黃芯婷嬌小的身體隔著棉被壓在我身上，感覺不到太多重量。只見她的神情從憤怒轉為哀傷，話還沒說出口，眼淚竟然奪眶而出。

「哭什麼哭啊妳？」

「笨蛋！」黃芯婷罵道。又是一拳痛毆在我臉上。

「……」我被打得七葷八素，還是搞不清楚究竟發生什麼事。

「為什麼那時候你要刻意吸引強盜的注意？你不是很害怕嗎！」黃芯婷壓在我身上激動地說：「知不知道你差點死掉啊？如果……如果我沒有用超能力將傷口治癒的話，你真的會死掉耶！」

直到她說完，小小的身體還顫抖著，豆大的淚珠不停從她那雙深幽如潭、翠綠迷人的大眼睛流下，楚楚可憐的模樣令人十分心疼。

「呃，因為那個歹徒的目標是妳啊。」我嘆了口氣，無奈地搔了搔頭接著說：「可是妳的注意力全在另外一個歹徒身上，完全沒有發現吼。」

「那、那又怎樣？你何必這樣冒險呢！」黃芯婷揪起我的衣領，抓狂似的猛扯，晃得我頭昏腦脹。

「我有超能力，你有嗎？」

「沒有……」我面無表情地看著壓在身上的黃芯婷，直問：「妳的超能力，在中槍之

不可以用
超能力
談戀愛
01
南門椅子
Flyking
賭上戀愛遊戲之神
的戰爭即將開始！
一起來攻略超能力美少女！
典藏閣
華文聯合出版平台
www.book4u.com.tw
采舍國際
www.silkbook.com
不思議工作室
立即搜尋
版權所有© Copyright 2015

後還能使用嗎？」

「不……不知道，我又沒中槍過。」黃芯婷愣了一下。

我不自覺地揚起微笑，說：「那就對啦，妳是在場唯一能制服歹徒的人，我怎麼能讓妳冒這種險呢？」

只見黃芯婷聽了臉頰飛紅、彆扭地咬著下唇，低著頭什麼也不說。

「再說啦，妳看我現在不也是毫髮無傷嗎？」脫去衣服、裸著上半身，讓黃芯婷看看我毫髮無傷的胸膛，開心的說：「是妳用超能力治癒我的，對吧！」

「你又怎麼知道我的超能力可以治癒傷口！如果不行呢？那你不就死定了！」黃芯婷還是十分不悅，氣鼓著臉頰罵道。

如果不行啊……

看著黃芯婷氣呼呼的模樣，我不知道為什麼，就是覺得很窩心，明明不久前才在鬼門關走了一趟。

「如果不行……我也願意為了妳犧牲性命。」

「什、什麼！」

聽見了我的話，黃芯婷目瞪口呆、不敢置信地看著我。

「畢竟妳是這個世界上，唯一知道我的真面目卻還願意和我做朋友的人……」

以往知道我的興趣是收集模型、沉迷於電玩的人，都會和我避而遠之；原本還有說有笑的，隔天竟然裝得不認識、甚至到處造謠攻擊我。也是因為這些慘痛的經驗，我才扮演起陽光帥氣萬人迷的角色，偽裝自己真實的樣子。

「你……」

黃芯婷面紅耳赤地怒視著我，卻支支吾吾的說不出半句話來。

看著她彆扭的模樣，真的非常可愛。這時，房門突然打開來。

「都幾點了還不下來吃飯……」

走進門的正是老媽，剛好讓她撞見我裸著上半身躺在床上，而黃芯婷則壓在我身上的詭異畫面。恰好黃芯婷滿臉通紅、眼角泛淚，而我則因為惡夢的關係汗流浹背、氣喘吁吁，這畫面絕對會造成誤會。

只見老媽站在門口瞠目結舌，說不出半句話來。

「呃，媽……不是這樣的，聽我解釋……我相信妳不會誤會的！」

「碰！」

老媽想也不想地就把門甩上。嗯，她絕對是誤會了。

我和黃芯婷呆呆望著門口，靜默約一分鐘的時間。

「怎、怎怎怎怎麼辦啊——？」黃芯婷激動地揪起我的衣領，害羞得臉頰滾燙、耳朵噴氣，甚至胡言亂語。

「被看到了、被看到了吧？你媽媽會不會以為我們已經生小孩了啊！」

我好氣又好笑的說：「怎麼可能聯想到這麼遠啦！」

兩個人就這樣，既尷尬又彆扭地分別走下樓梯，接著就看見餐廳裡老媽一臉嚴肅的坐在椅子上，黃芯婷更是害羞得低著頭、不發一語。

我為老媽和黃芯婷盛了飯後，拉開椅子坐下，還沒開動前，老媽開門見山的問：「你們究竟是什麼關係？」

黃芯婷臉紅得不像話，瞪大她那雙如洋娃娃般的眼睛看向我，好像在求救似的。

「我們只是同班同學，而且才認識不久……妳知道的。」我表情正經，沒有一絲戲謔地向老媽解釋著。

「……我明白了。」老媽點了點頭。

見狀，我和黃芯婷對看一眼，因為誤會化解而露出釋懷的笑容。

老媽：「所以你們交往多久了？」

「妳根本就不明白嘛——！」我吃驚地跌下椅子。這個人妻的理解能力有問題嗎？

覺得老媽誤會很深，彆扭的黃芯婷這才趕忙解釋道：「阿、阿姨妳誤會了啦，我才不會跟這個既做作又噁心的臭電玩宅男交往呢！」

說得是相當有說服力啦，不過把別人的兒子講得這麼難聽，天底下哪個母親會開心呢？

「也對呢。」老媽頻頻點頭。

對個毛啦——兒子被講得這麼難聽，妳這個當老媽的還認同個屁啊！

「總之我們沒有在交往啦！」我忿忿不平的說，再也不管兩人的感受，拿起筷子夾了菜就往嘴裡塞。

「鏘、碰！」

老媽拿起不知道藏在哪的平底鍋，冷不防地砸在我頭上，痛得我放聲慘叫。

「好痛喔，老媽妳幹嘛啦？」

「長輩跟客人都還沒開動，你自顧自的吃什麼菜啊？沒禮貌！」老媽唸道。

我皺眉、痞著臉，悶悶不樂地放下碗筷。

也不知道是哪根筋不對，黃芯婷竟然勸說：「阿姨不要這樣……」

天哪，黃芯婷吃錯藥嗎？竟然會替我講話！

接著她又說：「平底鍋會壞掉。」

「嗯……對呢，壞掉就麻煩了。」老媽點頭，將平底鍋收起。

壞掉的是妳們的腦袋吧！

這個不同於以往的夜晚，令我印象深刻。

自從老爸為了公司奔波於國外，不知道多久沒有這樣……三個人共進晚餐。

我們家位於六樓，餐廳旁的落地窗放眼望去是燈光明亮、五彩繽紛的城市，抬頭是灑滿了星星的黑夜。

以往我和老媽吃飯，總是靜靜地看著電視，吃完了就將碗筷放進儲水槽，沒有太多交集、沒有談天說地，兩人安靜的過完乏味的夜晚。

今天，失寵的電視仍播放著談話節目，主持人和來賓有說有笑，餐桌前的我們卻沒有人注意著電視。

老媽和黃芯婷似乎意氣相投，相處得十分融洽，兩個人聊著笑著，幾乎沒有停歇或冷場過，而我在一旁看似埋首吃飯，卻也被這種溫馨的氣氛傳染，聽了她們有趣的聊天內容還會不自覺地發笑。

好久、好久沒有這種心頭暖洋洋的感覺了。

「所以芯婷呀，妳是哪國跟哪國的混血兒呢？」老媽問道。

黃芯婷捧著盛滿白飯的碗——已經是第三碗了——嘴角旁還有一顆飯粒。對於老媽的問題，黃芯婷毫不猶豫地說：「美國和臺灣！」

「這樣啊，怪不得妳一頭金髮又長又漂亮呢！」老媽讚道。

「唔、耶……」突然被人誇獎，黃芯婷臉頰泛紅、支支吾吾地說：「謝、謝謝阿姨。」

「呵呵真的很像洋娃娃呢，好可愛喔！」直腸子的老媽沒發現黃芯婷害羞得不知所措，仍不斷讚道：「能和妳當同班同學，我們家士仁還真幸運呢！」

什麼幸運啊？我強忍著吐槽的衝動，心裡默默地想：是不幸吧，因為黃芯婷的關係，我不知道在生與死之間徘徊了幾次。

不經意的瞥見牆上的時鐘，已經晚上九點多了。我看向黃芯婷，關心地問：「這麼晚了，妳不回家嗎？」

黃芯婷抬起頭看向時鐘。

老媽瞪了我一眼，沒好氣的說：「都幾點了還趕女孩子回家？你真的很不體貼呢！」

「什麼跟什麼啊！」我錯愕。明明是出自於關心耶？

黃芯婷乾笑兩聲，將吃得一乾二淨的碗放下，說：「也、也對啦，我打擾得太晚了，那就先……」

話還沒說完，老媽便拉住黃芯婷纖細的手臂，語重心長說道：「芯婷啊……都這麼晚了，妳就住下來吧？」

「住住住住住下來？」黃芯婷害羞得發出驚呼，不知所措地和我對望一眼。

老媽就是這麼熱心又好客，既然都已經九點多了，說什麼也不可能放嬌小的黃芯婷獨自一個人回家。而我也只好聳聳肩表示沒轍。

「妳不介意的話，就和阿姨睡好嗎？」老媽問道。

黃芯婷擦去嘴角旁的米粒，害羞地點了點頭。

不知道為什麼，我總覺得黃芯婷好像有點開心？

吃完晚餐後，我和黃芯婷兩人主動幫老媽收拾餐具。

將碗筷拿到廚房後，老媽邊擦拭餐盤邊說：「芯婷妳要不要先去洗澡？」

「洗、洗澡？」

想必黃芯婷沒有在別人家洗澡的經驗，老媽這麼一問她又不知所措地看向我。

看著黃芯婷面紅耳赤的模樣，好像一顆紅彤彤的蘋果，十分可愛，也因此我起了惡作劇的念頭說：「妳就洗啊，沒關係的。」

「哦、哦……」黃芯婷靠向我，低聲的說：「可是我沒有換洗衣物啊！」

「安啦！」我刻意壓低聲音，小聲說道：「女生衣服我怎麼可能會沒有？不瞞妳說，我不只是電玩宅，還是個收集狂呢！」

黃芯婷一臉茫然，似乎怎麼也想不透為什麼我會有女生的衣服。

「我穿得下嗎？」黃芯婷又問。

「當然，而且非常適合。」我誠懇地說，心裡卻暗自發笑。

看見我如此誠懇與自信滿滿的模樣，黃芯婷這才鬆了口氣。

「浴室在二樓，士仁妳先帶芯婷上去吧。」老媽將洗乾淨的碗盤擦拭乾淨、放回餐櫃裡邊說：「這裡交給我就好了。」

「哦，好。」我點頭，轉身走向樓梯。

「等、等等我啦！」黃芯婷緊跟在後。

看著她嬌小的身影、腳步急急忙忙地跟著我的模樣，不知道為什麼，心裡覺得十分可愛，竟然還不自覺地發笑。

到了二樓走廊，黃芯婷鼓起微微泛紅的臉頰，不悅的問：「從剛剛到現在一直在偷笑，你到底在笑什麼？」

「啊？喔、喔……」我愣了一下，故作鎮定的說：「沒有啦，只是覺得妳走路的樣子很蠢。」

「我、我才不蠢呢，你才是笨蛋吧！」黃芯婷聽了之後心中生氣，竟然冷不防地踹了我一腳。

「很痛耶！」這個小女孩難道就不能溫柔一點嗎？

「哼～不准偷看喔，死變態！」走進浴室後，黃芯婷隔著門露出一顆頭說道。

「哈！」我嗤之以鼻地說：「我對幼女體型完～全～沒有興趣啊！」

「唔！」看見我一副不屑的嘴臉，黃芯婷氣呼呼地鼓起臉頰，但卻又不知道該反駁些什麼，只能呆站在浴室門口鬧起彆扭。

「快點洗吧，我去替妳準備換洗的衣服。」我說道，頭也不回地走進自己的房間。

因為房門沒有關上的關係，且浴室和我的房間也算是滿接近的，淋浴聲清楚地從走廊傳了過來。正在準備換洗衣物的我，聽見滴落在地板上的淋浴聲，便不自覺地幻想她入浴洗澡的模樣。

蓮蓬頭灑出一陣陣熱水，白色朦朧的霧氣充斥整間浴室，透明的水珠濺在黃芯婷金色光澤的秀髮上、甜美可愛的臉蛋上，洗去女孩胴體上的灰塵，水流順著她白皙水嫩的肌膚流下，被熱水蒸得白裡透紅的肌膚好像吹彈可破。

不知道是不是我的想像力變得豐富了，妄想越來越有畫面，好像置身於黃芯婷正在洗澡的浴室之中，隱隱約約能看見她正用沐浴乳塗抹身體的模樣。

白色泡沫巧妙地遮住了禁忌的部位，霧氣在她微微泛紅的娃娃臉上朦朧地罩著。

「喀……」輕輕轉動開關，熱水再次從蓮蓬頭灑下，黃芯婷雖然嬌小，但是身材曲線玲瓏有緻，遇水的泡沫在她的小蠻腰上化開，沿著大腿流下，熱氣充斥整間浴室、甚至透過門縫熏到了我的眼球上。

為什麼會熏到我的眼球呢？

我也不知道，這個妄想似乎太真實了一點。

不知道各位有沒有聽過一句話？

偷窺是禽獸的行為，不偷窺則是禽獸不如。

我是不知道禽獸長得怎麼樣啦，但我一定不是禽獸不如。於是如你們所見，回過神來的我已經趴在浴室的門縫上了。

這時，黃芯婷忽然關掉熱水，面紅耳赤、表情複雜地看向我。

「哎呀～原來眼前的畫面是真的呀，還以為是我的妄想呢～哈哈哈哈！」我大笑。

「呀啊啊啊啊——死變態、蘿莉控——！」

「碰！」

黃芯婷惱羞成怒地一拳招呼在我的臉上，這力道比以往都來得更強，我連慘叫都來不及便感覺自己飛了好幾公尺這麼遠，直接撞進儲藏室裡。

「呃……」身體卡在翻箱倒櫃的雜物中，我虛弱地看著門口的影子越來越近。

令人窒息的恐怖殺氣籠罩了整間儲藏室，黃芯婷全身裹著浴巾、露出白皙迷人的香肩，殺氣騰騰地走了進來。

「你……你不是說對幼女體型沒興趣嗎？」黃芯婷緊握著拳頭靠近我，沐浴乳香味撲鼻而來，我的視線不自覺地注意著她性感的鎖骨和浴巾下不明顯的酥胸。

「我真的沒興趣啊！」我害羞地雙手掩面，感覺鼻血就快噴出來了。

「那那那那那那你還偷窺？」黃芯婷激動地說，全身顫抖，好像火大到了極點。

我舉起手中的女性衣物、撇開視線說：「我只是要拿衣服給妳啦，快拿去！」

「你不會放在外面就好嗎！」黃芯婷搶過衣服，不停的向我怒吼。

「這件事情很詭異……我原本在整理妳的換洗衣物，不知道為什麼……身體自己動了起來，回過神來我已經在偷窺了！」我面對牆壁、表情恐慌地說。

「碰！」

「這件事情很詭異，我原本在試穿我的換洗衣物，不知道為什麼……身體自己動了起來，回過神我已經痛扁你了。」黃芯婷小手上沾滿了我的鮮血、表情恐慌地說。

「咳……呃，我早知道妳會這樣做！」

「這是……什麼衣服啊？」過了一會，黃芯婷錯愕的問。

「哇喔！好可愛——」轉頭一看，我感動地發出驚呼。

黃芯婷換上《戀愛遊戲之臉紅心跳KISS》的睡衣果然適合。潔白的連身睡衣用蕾絲作為裝飾，輕薄的布質藏不住女孩性感的身體曲線，緊貼著腰部更顯得纖瘦苗條。胸前微微隆起的小丘更令人血脈賁張，若是作為Cosplay，黃芯婷可說是滿分的蘿莉角色啊，完全像是從二次元動漫、遊戲裡走出來的卡通人物！

「可、可愛什麼的，我才不要！」黃芯婷滿臉通紅地向我鬼吼，接著說：「沒有正常一點的睡衣嗎？」

「呃，沒有。」

「吼，那不如我瞬間移動回家拿好了！」黃芯婷不悅。

經她這麼一說我才恍然大悟，直呼：「對耶，妳怎麼不乾脆用瞬間移動回家啊？這樣就不用半夜搭公車了呀。」

「我、我……」黃芯婷被我這麼一問，突然支支吾吾的，神情有異。

「該不會……其實妳是想搶我的電腦來玩吧？」我又驚又怒的說，表現出一副「不可能讓妳碰到電腦」的樣子。

「誰、誰稀罕那些智障遊戲啊！」黃芯婷罵道。

「啊不然咧？」我挖鼻孔問道。

「……」黃芯婷站在原地扭扭捏捏地、欲言又止。

掙扎了好一會，她才緩緩開口說：「……就阿姨看起來很好相處啊，難得她邀我住一個晚上，想想也沒差……」

「喔喔喔，怪不得我媽要妳留下來住的時候，妳感覺滿開心的。」我恍然大悟般頻頻點頭。

「嗯……」

黃芯婷拉起睡衣、掩住自己泛紅的臉頰，但她不知道這件睡衣的尺寸非常小，這個舉動讓她露出了白皙肌膚上可愛的小肚臍，還有藍白條紋內褲的一小角。

鼻血終究是不爭氣地流了下來，我故作鎮定地說：「欸，妳的肚臍和小褲褲露出來囉。」

「！」黃芯婷嚇了好大一跳，趕緊將衣服穿整齊，隨即滿臉通紅的怒瞪著我。

我背脊一涼，驚覺大事不妙，「欸，我不是故意看的喔！是妳自己掀起來……」

「碰！」

又是一拳迎頭痛擊，這是我第三次倒在儲藏室的雜物之中。

○●○●○●○

洗完澡後，我裹著浴巾、裸著上半身在二樓走廊上，隱約能聽見樓下傳來老媽和黃芯婷的談笑聲，看來兩人的個性相當合得來，暴力程度也不遑多讓。

回到房間後，我癱坐在椅子上，時間已經很晚了。

「隨便玩個戀愛遊戲就來睡覺吧……」這幾天發生好多事情，總覺得有些身心俱疲。隨手拿起桌上的遊戲光碟，因為沒有開燈的關係，不小心弄掉了放在桌上的海報。

「嘖嘖，買了一堆海報不知道該貼在哪。」我碎唸道，沒打算將海報撿起。

將遊戲光碟放入主機，螢幕上跑出「峽谷末日Ｖ」的安裝程式。

「峽、峽谷末日Ｖ？」我又驚有喜，將光碟退出一看。

果然是《戀愛遊戲之峽谷末日Ｖ》，當代經典大作。

「那個海報……」我彎下腰、撿起剛才被弄掉的海報。

掀開一看，果然是《峽谷末日Ｖ》的限量海報，男女主角和精緻的背景衝擊我的視覺，我感動得發出歡呼。

「太～棒～啦～！」這種購入限量商品與新遊戲的快感，大概只有同樣是電玩宅的人才能了解吧？

「想不到黃芯婷竟然記得這件事……」看著《峽谷末日Ｖ》的安裝程式，我內心是一陣陣感動。

雖然黃芯婷平時愛和我唱反調，脾氣暴躁難以相處，又十分暴力，不過她還是有溫柔體貼的一面啊！也許我真的該對她再好一點，嗯嗯，幫助她攻略賴義豪什麼的，就交給戀愛達人的我吧！

「不過我得先攻略《峽谷末日V》啦哈哈哈！」我像個怪人似的，興奮地在螢幕前發笑，整個房間都是我的笑聲。

遊戲進行到一半，看看時間已經凌晨兩點多了，再不睡覺的話，明天肯定會起不來。存檔後，我疲憊地打了個哈欠。

「哈～啊～」正準備躺上床時，突然瞥見牆上的學校制服。

我這才想起黃芯婷的學校制服在洗衣機裡，根本還沒乾，明天該怎麼辦？

「還是問她一下好了？」不知道老媽和黃芯婷睡了沒，我出了房間，躡手躡腳走下樓。

家裡變得十分安靜，走到老媽房門前，我小聲地敲了幾下、輕輕打開。

只見黃芯婷依偎在老媽的懷裡，一臉安心的入睡，還露出甜甜的笑容。

這是我和黃芯婷相處以來，第一次看見她這樣的神情。以往睡著的她不是沒表情，就是臭著一張臉。

發現我站在門外，老媽伸出食指比在唇前，示意我安靜。

這時，黃芯婷將可愛的小臉藏進老媽的懷裡，眼角泛淚地喃喃自語道：「媽媽……不要走……」

原來，這就是黃芯婷執意想住下來的原因啊！並不是因為老媽好相處，而是……她在老媽身上，找到了媽媽的影子、母親的溫暖。

我站在門外不自覺地微笑。黃芯婷啊黃芯婷，就算妳裝得再怎麼強悍、獨立，終究是個……孤單且喜歡撒嬌的小女孩呢。

輕輕關上門後，我又躡手躡腳地走回房間，將《峽谷末日Ｖ》的海報取代了牆上唯一的海報後，躺上床沉沉睡去。

第十八章

考試的時候不要用對講機作弊啦！

也許是因為太晚睡的關係，感覺眼睛才剛閉上，猴急的陽光便照進我的房間。惱人的鬧鐘在床頭櫃旁不停發出怪聲，縱使我已經醒了，卻因為懶散而強迫自己無視鬧鐘的聲音，繼續入睡。

直到被稱為母親的原始人，手持平底鍋衝進我的房間內，我才驚覺大事不妙。

「藍士仁，你到底要睡到幾點啊？」老媽站在房門旁，不悅地向我吼道。

鬧鐘惱人的鈴聲還持續不斷，加上老媽的碎唸更讓人煩躁，我將棉被掩住整張臉，不耐煩地說：「吼，我今天要請假啦！」

「請假？」雖然看不見老媽的臉，但不難想像她的表情多麼不悅。

「對……」窩在被子裡，濃厚的睡意逐漸將我攻陷。

「為什麼請假？」老媽洪亮的聲音透過棉被，傳進耳內。

「因為……昨晚……我在峽谷末日……」我慵懶地說著，再次進入夢鄉。

隱約聽見暴怒的老媽拖著沉重的腳步聲走近我的床鋪，殺氣騰騰。

「！」老媽使勁捉住棉被末端的力量，透過棉被傳遍了我身體的每根神經。

「給我起床！」老媽怒吼一聲、奮力一拉，試圖將棉被掀開。

「不要！」我緊抓著棉被不放。

以老媽的力氣來說，想掀開我的棉被根本是無稽之談。

為了請假不上課、在家睡覺，我可是完全豁出去了！

任誰都別想掀開棉被，阻止我睡……

「覺？」內心還在胡思亂想，突然感到一陣天旋地轉，只見棉被與我分開，還來不及反應，我便一屁股跌坐在地上。

我像個痴呆一樣，表情錯愕的在地上發楞，而老媽站在房門旁竊笑，一副我活該死好的嘴臉。轉頭一看，只見光澤亮麗的金髮在陽光下閃耀，身穿睡衣、體型嬌小的女孩，手捉著棉被，表情不屑地看向我。

原本我還困惑老媽哪來的這種怪力，不但能掀開棉被，甚至將我摔在地板上。恍然大悟後，我惱羞成怒、咬牙切齒地吼道：「黃、芯、婷！」

「怎樣？」黃芯婷握緊拳頭，發出骨頭摩擦的喀喀聲，殺氣騰騰。

「沒事～謝謝大小姐您叫我起床。」我微笑道。

不甘不願的刷牙、洗臉後，我換上學校制服，表情臭得如馬路上的狗屎。

想起自己一個大男人，竟然被身材嬌小的蘿莉從床上摔到地板上。

這種屈辱、這種暴力對待，身為戀愛遊戲達人的我，實在是難以接受啊！

在別人眼裡的我，應該是個長相俊美、魅力四射的人。

沒有女生不被我帥氣的外表、高眺的身材、溫柔的個性給吸引啊！

為什麼？

為什麼黃芯婷這個小蘿莉，偏偏不被我吸引，反而天天霸凌我！

不科學啊！

忿忿不平的走下樓梯後，只見黃芯婷坐在餐桌旁，和老媽聊得可開心了。

「阿姨每天都這樣叫做作男起床嗎？」黃芯婷夾起一塊荷包蛋，問道。

老媽將平底鍋上的油漬洗乾淨後，脫下圍裙說：「是啊。」

「好辛苦喔……」

回答完老媽的話之後，黃芯婷察覺到走下樓梯的我，便轉過頭來瞪了我一眼。

瞪個屁啊，老子我就是愛賴床啦！怎樣？

老媽呵呵笑著，將烤好的吐司塗上一層果醬。

「阿姨也習慣了，士仁他從小到大就喜歡熬夜玩電腦，怎麼勸都不聽，早上自然是爬不起床了！」老媽將表面塗滿果醬的吐司遞給黃芯婷。

黃芯婷大口地咬下吐司，隨後像個小孩子似的，一臉幸福洋溢地傻笑，嘴角還沾了不少果醬。

「媽，我也要吐司。」坐上椅子後，我拿起自己的筷子說。

「來，自己用。」老媽將果醬罐頭和湯匙遞給我。

接過果醬罐頭，我向老媽問道：「為什麼我要自己用，黃芯婷妳就幫她塗啊？」

「芯婷是女孩子。」

「現今社會男女平等不是嗎？」

「芯婷打得過你。」

「嗯，我自己塗果醬就可以了。」

這是威脅嗎？這是威脅吧！

天底下哪有老媽威脅自己親生兒子的啊——

吃完早餐後，看看時間差不多了，早晨的太陽也完全探出頭來，照耀整片大地，電線杆上的麻雀也拉開嗓子高歌，新的一天即將展開，充滿活力與朝氣。

繫上鞋帶後，門外傳來鄰居小孩出門上學的談話聲，母親不斷叮嚀小孩要注意安全、聽老師的話，而迫不及待搭上校車的小孩則嫌媽媽嘮叨，重複說著：「好啦！」

雀躍的心情透過家門毫不保留地傳達了過來，不知道何時換上校服的黃芯婷，似乎也被這充滿活力的一天感染了，看她笑臉盈盈的，像期待上課的小學生動個不停。

「唉～真不想去上課！」

而我完全和這個充滿朝氣活力的早晨完全相反啊，哈哈哈。

「別在那邊碎碎唸了，快去搭校車，免得遲到！」老媽將便當遞給我，碎唸道。

「喔。」我一臉疲憊地接過便當，轉身走向電梯。

「來，芯婷這是妳的。」

「咦！」黃芯婷稍感吃驚，不知所措地問：「這、這是我的嗎？」

「是呀，難道芯婷都不吃午餐的嗎？」

老媽拿著特地做給黃芯婷的便當，微笑著說：「阿姨是有聽說過，現在的女高中生為了減肥，都不吃午餐啦……」

「沒、沒沒沒沒有，謝……謝謝阿姨！」滿臉通紅的黃芯婷伸出手接過便當。

「叮──」

「電梯來啦！」我說道，一腳踏進電梯。

不知道為什麼黃芯婷呆站在原地不動，扭扭捏捏地好像對老媽欲言又止。我和老媽都察覺了黃芯婷的異狀，紛紛露出困惑的表情。

「欸，走了啦！」我不耐煩地在電梯內喊道。

老媽則是溫柔地問：「芯婷怎麼了嗎？」

彆扭了好一會的黃芯婷這才結結巴巴地說：「那、那那……我出門了喔！」

我在電梯內錯愕地笑。

老媽先是愣了一下，然後輕輕摸了摸黃芯婷的頭，溫柔的說：「好，路上小心喔！」

「嗯！」黃芯婷滿懷欣喜笑了。

出了電梯後，我們兩人急急忙忙地趕往搭校車的地點。很巧的校車已經到了，同校學生也都上車，眼看我們就要趕不上校車了。

這時擁有超能力的黃芯婷，突然用公主抱的姿勢將我抱起，以非人類的速度衝向校車，這才平安搭上車

到了車上我回頭看，柏油路上還留著黃芯婷急速衝刺後所留下的火焰。

「呼……總算是搭上校車了！」黃芯婷一臉得意。

我將書包放在一旁，聳聳肩說：「嗯，其實搭不上校車也沒差。」

「你就這麼不想上課嗎？」黃芯婷瞪了我一眼。

我搖頭，解釋道：「我的意思是，就算沒趕上校車，妳也可以用瞬間移動帶我們到學校啊！」

「對吼！你怎麼不早講？」黃芯婷恍然大悟般，張大嘴巴。

我嗤之以鼻，冷笑道：「我怎麼知道妳這麼笨？」

「有辦法讓我變聰明嗎？」黃芯婷問。

我笑得更大聲了，直呼：「沒有吧！」

接下來，校車前往學校的途中，我經歷了人生最痛苦、最漫長、最折磨的時光。

○●○●○●○

一番折騰後，校車終於抵達學校，我頂著滿頭腫包走下校車的瞬間，彷彿被綁架後重見光明的人質，感動得痛哭流涕──活下來的感覺真好！

「為什麼妳小小隻的，卻這麼暴力啊？」

「哼，我也只有對你暴力而已啊！」

「這太不公平了，妳倒是解釋看看，我長得又高又帥，個性溫柔體貼，為什麼妳還下得了手？」

「……」

「來，妳解釋看看啊！」

「……」

「黃芯婷！我在問妳話耶，幹嘛不理我？」

「問你喔，有一天你走在路上，碰到一個神經病一直對著你罵，你會怎麼做？」

我毫不猶豫的說：「不理他囉！」

「那就對了。」黃芯婷。

「……」不要把我當神經病啊！

就這樣，我和黃芯婷從校門口一路鬥嘴到教室，擦肩而過的同學無論男女都以羨慕的目光看著我們，鐵定是誤認為我們是相當恩愛的情侶吧。

其實我超想掐死黃芯婷這個毒舌小蘿莉，只是，我會先被她揍扁。

不同於往常，教室內有其他同學先到了，連班長賴義豪也是，我這才猛然想起今天好像有隨堂測驗，所以認真的同學提早到校，利用早上的空暇來準備考試。

「早啊！」走過賴義豪身旁，我向他打了聲招呼。

原本在看書的賴義豪抬起頭，推了推眼鏡回應道：「早。」

拎著書包走向我的座位後，我說：「今天有考試，我完全沒有看書，該怎麼辦啊？」

等不到黃芯婷的回應，我轉頭一看，只見她站在賴義豪的位置前，面紅耳赤，緊張的全身發抖。

「噗——」我差點爆笑出來。

看來黃芯婷是想和賴義豪說聲早安，不過因為她生性害羞，想必她現在一定是腦海一片空白，怎麼都開不了口。

「賴、賴……」站在賴義豪座位前的黃芯婷支支吾吾地說，聲音雖小，賴義豪還是注意到了她的異狀。

將課本翻了一頁後，賴義豪抬起頭來直問：「怎麼了？」

「賴……賴……賴……」

黃芯婷嬌小的身體顫抖得越來越激烈，只見她結巴了半天，連對方的名字都沒辦法完整的講出來。

雖然覺得好笑，我還是在座位上暗自替黃芯婷打氣：加油啊，只不過幾個字而已！

「賴……」

害羞到達臨界點的黃芯婷，臉頰又紅又燙，彷彿冒出白煙，看得在座位上的我也捏了把冷汗，究竟能不能順利的向賴義豪說早安呢？

黃芯婷突然伸手指向我，直呼：「賴皮——做作男，你怎麼可以先跑到座位上呢！」

「啥？」我一臉錯愕。

「看我怎麼教訓你！」黃芯婷喊道，快步衝向我。

「喂，等、等等……關我屁事啊！」

「碰！」

「對不起啦～」黃芯婷雙手合掌，內疚地說。

「對不起有用嗎？傷害已經造成了。」

「我當時真的腦海裡一片空白，根本不知道該怎麼辦嘛！」

我嘆了口氣，輕輕撫摸紅腫的臉頰，又傳來陣陣刺痛。

「已經痛三節課了耶！」我抱怨道。

「吼喲～我已經跟你道歉了嘛！」黃芯婷嘟起嘴，接著說：「不然你想要我怎樣？」

聽見黃芯婷的話，我眼睛為之一亮，「怎麼樣都可以嗎？」

「嗯……」黃芯婷低下頭，臉頰微微泛紅。

看著她微微顫抖的身體，吹彈可破的白皙肌膚，隱藏在襯衫下的酥胸，纖細的四肢。

我吞下口水，揚起邪惡的笑容。

「……你、你幹嘛笑得這麼邪惡？」黃芯婷有點退縮。

我伸手搭上黃芯婷的肩膀，笑呵呵地。

「呀！」黃芯婷嚇了一跳，驚恐的看著我。

我左右張望了一下，確保沒有任何人在偷看我們後，我低聲地說：「我要妳……」

「我……？」黃芯婷兩手放在大腿上，整個人扭扭捏捏的。

「沒錯，我要妳等等隨堂測驗的時候……幫我作弊！」我說。

「呼……」黃芯婷突然鬆了口氣。

見狀，我困惑的問：「喔？妳幹嘛臉色這麼紅？」

「少囉唆！」黃芯婷突然怒吼，嚇了我好大一跳。

「妳這女人陰晴不定，真的很奇怪耶！」我唸道。

「切！」黃芯婷痞著一張臉，實在不像是要彌補過失的人啊。

「可是，作弊是不對的。」黃芯婷想了一會。

「拜託啦，考低分有損我完美的形象耶！」我一臉誠懇地向黃芯婷拜託。

黃芯婷皺著眉，露出相當困擾的表情。

「我又不是每次都要靠作弊，拜託，那是因為最近太忙了沒時間讀書好嗎？」見黃芯婷似乎動搖了，我加緊馬力說服道：「追根究柢還不是因為妳，為了讓妳和賴義豪打好關係，我可是不分晝夜、每分每秒都在思考該怎麼做耶！」

「……」黃芯婷嘟起嘴，心有不甘地說：「好啦！」

喔耶——不管怎樣，只要搬出賴義豪這三個字，黃芯婷就會屈服。

「可是我要怎麼幫你作弊啊？」黃芯婷問。

我失態地直呼：「妳的超能力神通廣大，作弊這種小事難不倒妳吧？」

「唔，我的超能力又沒辦法幫你寫考卷。」

「妳可以用心靈相通，告訴我答案啊！」

黃芯婷搖了搖頭，淡淡的說：「沒有那種超能力。」

我的內心一陣晴天霹靂，好不容易黃芯婷答應幫我作弊，卻因為超能力派不上用場而宣告失敗嗎？

「總是有辦法的吧？」我不肯放棄。

黃芯婷把玩著自己柔順的髮尾，一副心不在焉的樣子說：「沒辦法，你還是認命吧。」

「……」我在座位上愣了許久，難道我完美的形象就要毀於一旦了嗎？

就在這時，我想起戀愛遊戲《峽谷末日V》中的故事片段：男女主角都是特務，為了破案而滲透黑道組織作為臥底，且為了避免黑道起疑，兩人放棄使用對講機，選擇用手語溝通。

要我用手語自然是不可能了，但是……

「對了！」我心生妙計，興奮地喊道。

這時還在上課時間，所有人包括老師無不一臉錯愕地看著我。

坐在一旁的黃芯婷覺得相當丟臉，向我低聲罵道：「你幹嘛啊？」

「哈哈，我想到好方法了！」我靠近黃芯婷，在她耳邊小聲的說。

黃芯婷作嘔地將我推開，問道：「什麼方法？」

「對、講、機——」我興奮的說：「只要有那種能藏在耳朵裡或是夾在領口上的對講機，就可以作弊了啊！」

黃芯婷的表情變得十分複雜，她不屑地說：「你去哪裡找對講機啊？」

「妳不是有超能力嗎？」

黃芯婷冷笑一聲，「哈，你當超能力是萬能的嗎？」

「難道妳變不出來對講機嗎？」我像是斷線的傀儡，整個人癱在座位上。

「當然變不出來啊！」黃芯婷一副事不關己的樣子。

「萬事休矣……」我自暴自棄地靠在椅子上，感到萬念俱滅。

瞧了我一眼，黃芯婷淡淡的說：「不過，倒是可以用瞬間移動去買對講機回來。」

「哎呀，我就知道妳最厲害了！」看見一線曙光的我又興奮的喊了一聲，全班同學包括老師再次錯愕地看向我。

黃芯婷面紅耳赤地低下頭，朝我低吼：「你在幹嘛啦，很丟臉耶！」

「哈哈哈——沒事，大家別介意，繼續上課！」我手掌放在後腦勺後大笑。

黃芯婷瞪著我，冷冷的說：「就算可以用瞬間移動去買對講機，但不代表我要這樣做啊！」

「嘖，妳真的很麻煩耶！」對於黃芯婷陰晴不定的壞脾氣，我感到十分不悅。

「再說～有了對講機之後，對妳我都有好處啊！」我說。

黃芯婷露出困惑的神情，不解地問：「我有什麼好處？」

「喏，妳記得早上的時候嗎？」我指著賴義豪的背影，說：「妳只要見到賴義豪就會腦海一片空白，想說的話瞬間忘得一乾二淨對吧！」

「嗯、嗯……」傲嬌如黃芯婷，光是提到賴義豪，她的臉頰就開始泛紅。

「只要有了對講機，我就能暗中幫助妳了……」我揚起邪惡、奸詐的笑容，小聲的說：「我用對講機告訴妳什麼時候該說些什麼，妳就不必擔心因為腦海一片空白而搞砸一切了，不是嗎？」

「……」

黃芯婷雖然沒有回應，不過看她瞠目結舌的模樣，十之八九是認同我的說法了。

「還猶豫什麼？快用瞬間移動去買一臺對講機來啊！」我催促道。下課鐘響，等一會就要隨堂測驗了。

「吶……對講機在這裡……」

黃芯婷還愣在原地，只見她憑空變出一組對講機，好像魔術一樣，我看得目瞪口呆。

「妳用瞬間移動去買了？」我錯愕的問。

黃芯婷搖了搖頭，緩緩的說：「變出來的。」

「妳不是說不能變嗎？」

「少、少囉唆！」黃芯婷用力拉扯我的臉頰，害羞的說：「總、總總總總之你要幫我想好，該怎麼和賴義豪說話喔！」

「安啦，交給我！」我笑道，將對講機藏進耳朵。

這時，一位戴著眼鏡看起來十分文靜的女生走向我，羞澀地說：「藍士仁同學……」

「怎麼了？」我露出招牌微笑，電力十足。

她的臉頰飛紅，低著頭說：「等、等等考試的答案……如果有需要，我可以借你抄……」

「為什麼要這樣？作弊是不好的！」我也真佩服能理直氣壯講出這種話的自己，居然絲毫不感到心虛耶。

「因……因為我喜、喜歡你……」

眼鏡娘就這麼突兀的告白了。長太帥也是個罪過。

「對不起……其實我有喜歡的人了，」我微笑著，將食指比在嘴唇前：「這是我們之間的秘密喔。」

以前，我講這句話時，其實就只是很單純的謊言——我沒有喜歡的人。

但不知道為什麼，剛才有那麼一瞬間，她鼓著臉頰、氣呼呼的模樣，不自覺地浮現在腦海裡。

上課鐘響，同學們很早就在教室裡坐定位，趁著老師還沒來之前，拿起書本猛K。

如果沒有黃芯婷的超能力照應，我應該也和那些臨時抱佛腳的同學們一樣吧？

想到自己不用讀書就能拿到滿分，我愉悅地輕哼著歌，心情好得不得了。

「哼～哼哼～啦啦啦～」

「喂。」這時，耳裡傳來黃芯婷清晰的聲音。

我轉頭一看，她正趴在桌上、毫無動靜，柔順的金髮慵懶地貼著背，黃芯婷將臉藏在手臂內，裝出一副正在睡覺的模樣。

任誰也看不出來，我們正在用對講機說話吧？

哈哈哈——能想到這種方法，我也是十分佩服自己呢！

我用手撐著下巴，低聲地問：「怎麼了，在測試對講機嗎？」

「你可以不要哼歌嗎？很難聽。」不屑的語氣透過對講機，毫無保留地傳達了過來。

「好啦，等等拜託妳囉！」即使黃芯婷講話再怎麼毒辣，仍無法撲滅我心中的興奮。

這時，手裡抱著一疊厚重考卷的老師從前門走進，表情十分嚴肅，使得同學們不自覺地倒抽了一口氣。

只不過就是隨堂測驗，怎麼搞得好像期末考一樣緊張啊？

「課本收起來，考試了。」老師推了推眼鏡，年邁的臉上一雙如虎的眼神，給人一種不苟言笑、嚴謹的感覺。

考卷發下來後，隨著座位前的同學一個接一個的往後遞，最終傳到我的手上來。

雖然有黃芯婷的超能力幫我作弊，但，總是想靠自己多少答對一些題目。我很快的掃視過考卷上的所有題目，試圖憑著自己的實力寫下正確答案。

同學們振筆疾書的聲音在寂靜的教室顯得特別清晰，雖然完全沒有讀書，但好歹我在國中也是名列前矛的好學生，有些題目憑著我的智慧，一定能解出來。

「救命啊……我全部都不會啊！」我壓著耳朵、向對講機另外一端的黃芯婷求救。

「你很笨耶！」黃芯婷的聲音傳來。

我順勢用餘光偷瞄了一眼，黃芯婷正在考卷上塗塗寫寫，小考試用對講機作弊法可說是毫無破綻。

過了一段時間，對講機仍是沒有傳來我期盼已久的答案。

「趕快唸答案啦，我的考卷上只答對了班級、姓名、座號耶！」我著急地說。

「老實說……」

黃芯婷的語氣變得有些無奈，我內心揪了一下，不祥的預感湧上。

「這張考卷上的所有問題，我都不會。」黃芯婷苦笑。

「妳可以用透視眼偷看其他人的答案啊！」我低聲說道，看著時間一分一秒的流逝。

「看誰的啊？」黃芯婷嘆了口氣。

我看著全班同學的背影，有好幾個人已經放棄無謂的抵抗，直接趴在桌上睡覺，只剩下少部分人仍在做困獸之鬥，在考卷上塗塗寫寫。

「有了！」我謹慎又小聲地說，深怕老師會發現坐在後面的我們正竊竊私語。

「怎樣？」黃芯婷問。

我竊笑，直說：「妳可以看賴義豪的答案啊，全班就他最認真了。」

「……」黃芯婷突然沉默下來。

我轉頭一看，她的手掩著臉、耳根都紅了，彷彿還有白煙從她耳朵冒出。

「喂喂喂，小姐，現在不是妳害臊的時候啊！」

「透、透視眼……會看見別人的裸裸裸裸、裸體啦！」黃芯婷說道。

「這樣很好啊！」看見自己心儀對象的裸體有什麼不好？如果是我的話，就每天看，天天看，看免錢。

「這、這種事情我做不到啦！」

黃芯婷既害羞又緊張，連聲音都忘了壓低，我才發現老師已經注意到黃芯婷的異狀。

「小聲點啦……老師已經在注意妳了！」我用氣音說道。

「吼！」黃芯婷不耐煩地鬼叫一聲。

見狀，我吐了口濁氣，語重心長的說：「芯婷，妳必須鼓起勇氣……如果連看他裸體的勇氣都沒有，該怎麼往下一步進展？」

「……是、是這樣嗎？」黃芯婷聽了我的話，這才慢慢抬起面紅耳赤的臉蛋，只見她的眼瞳隱隱約約散發出一種難以言喻的力量。

我瞥見牆上的時鐘，距離考試結束剩下不到十分鐘。

「如何？」我緊張的問。

「看、看看看看看看看看看見了！」

看見賴義豪的裸體還能撐到現在，已經算是黃芯婷的極限了吧？只見她的臉頰變得越來越紅，眼神漂移不定，好像快要失控的機器，令人捏了把冷汗。

「答、答案是……」

坐立難安的黃芯婷開始連話都說不清楚，結結巴巴的，透過對講機我聽得十分吃力。

「嗯？」好像注意到了炙熱的視線，賴義豪突然轉過身來。

「呀啊啊啊——！」

來不及反應的黃芯婷，親眼目睹了賴義豪的（嗶——），可想而知，害羞指數破表，震耳欲聾的尖叫聲響遍整間學校，然後黃芯婷像是故障的機器、冒著白煙昏倒在桌上。

「時間到，把筆放下，考卷交出來！」老師說道，同時下課鐘響。

周遭的同學們紛紛離開座位，將考卷傳遞上去，而我則愣在原地，曾經完美的形象變成電影片段，在腦海裡自動跑馬燈，到了最後一瞬間，「啪！」碎了一地。

「我的形象……」拿著空白考卷，我行屍走肉般，移動沉重的步伐走向老師。

「？」老師收過考卷時，還瞪了我一眼。

「老師……其實我的鉛筆很特別，只有聰明的人才看得見我寫的答案……」

老師哼了一聲，冷笑著說：「老師不聰明，看不見只好算你零分了。」

「不——」再見，完美的形象。從今天開始我可能會被掛上「笨蛋」兩個字吧！追根究柢還不是黃芯婷那傢伙害的！只不過是看到（嗶——）而已，就昏死過去……

我轉頭看向黃芯婷，而站在她面前的人令我稍感吃驚。

賴義豪為什麼會主動找黃芯婷搭話？

「妳還好嗎？」老樣子不苟言笑的賴義豪，面無表情地問。

「啊……啊，嗯，還好，怎、怎怎麼了？」黃芯婷看似這時才回過神來，發現自己暗戀的對象正在和她說話，害臊的她立刻又變得語無倫次。

「考試的時候妳好像一直看著我，我背後有什麼東西嗎？」賴義豪問。

奇怪，賴義豪的背後有長眼睛嗎？

「這、這個……」黃芯婷顯然腦海一片空白。

雖然交了白卷，不過我就好人做到底吧！

在黃芯婷最無助之時，我按著耳朵，向對講機輕聲的說：「因為我有些題目不會，以前一直想問你卻找不到機會，想不到真的考出來了。」

黃芯婷愣了一下，滿臉通紅的她眼神瞟向我。

看來是聽見我說的話了，我向黃芯婷豎起了大拇指，試圖鼓勵她。

「就、就是，我有些題目不會……以前想問你，想不到真的考出來了。」

雖然省略了不少，黃芯婷還是照著我講的話說了出來。

「這樣啊，確實我下課後都趕著去補習班，沒時間輔導其他同學。」賴義豪點頭。

現在是下課時間，同學們聊天的聲音非常的大，雖然有點聽不清楚，但大概能知道賴義豪說了些什麼。

我向著對講機，說：「那你可以找時間教我功課嗎？我還有些問題不懂。」

黃芯婷透過對講機聽見我說的話後，嘴巴張得老大，臉頰又紅又燙，不知所措地看著我。我握緊拳頭，示意她該豁出去了，感情提升什麼的，還是靠兩人獨處的約會最實在。

「那、那那那你……」黃芯婷低著頭，扭扭捏捏地說：「那你可以找時間教我……」

「嗯？」

那個笨蛋在搞什麼啊？一鼓作氣說出來啊！

正當我準備透過對講機鼓勵黃芯婷時，班上一名男同學叫住了我。

「藍士仁……你會玩電腦遊戲嗎？」男同學問。

「不會耶，應該說很少玩啦。」其實我每天都在玩，而且每天熬夜玩，連周邊商品全都買了。

「那你聽過《峽谷末日》這款愛情冒險遊戲嗎？」男同學一說就說中了我的最愛。

「聽過啊，超棒的。」難得遇到同好，雖然還有形象要顧及，我還是忍不住和他談天說地了起來，反正男生玩電腦遊戲也不是什麼奇怪的事情。

男同學拿出《峽谷末日》的周邊商品，說：「藍士仁你知道這個嗎？二代男主角的名言錄超帥的啦！」

「廢話少說，信不信我一拳打死你！」

男同學開心大笑：「對，就是這段——哈哈哈！」

「哈哈哈哈——」我也跟著大笑。實在是太開心了，能遇到同好是多麼難得的事情。

然後事情就在我跟男同學聊天的時候，往不可收拾的狀況前進了。

因為我忘了自己正在幫黃芯婷，而黃芯婷卻照著我聊天時的對話來回應賴義豪。

「聽過啊，超棒的。」

此時在另一邊，黃芯婷卻照著我的話，回應了賴義豪。

「什麼超棒的？」賴義豪問。

「啊、啊，不是！我的意思是……」黃芯婷緊張得手忙腳亂，不知道自己該說些什麼。

賴義豪皺眉，但還是接著說：「妳是想要我找時間來輔導妳課業吧？」

然後此時，我與男同學的對話又傳到了黃芯婷的耳中。

「廢話少說，信不信我一拳打死你！」接著黃芯婷向賴義豪這樣說道。

「……」賴義豪愣了一下，皺著眉問：「妳說什麼？」

「哈哈哈哈——」黃芯婷大笑。

賴義豪：「……」

「好啦，下次有周邊商品我再來和你分享喔！」男同學說道。

「OK，謝謝你。」我微笑，目送男同學和其他人步出教室。

心滿意足之後，我才想到好像忘了什麼事情……

慘了！

黃芯婷！

我又慌又恐的看向黃芯婷，只見她一個人呆呆的坐在座位上。

「這下真的慘了……」我吞下口水，戰戰兢兢地走向黃芯婷。

只見黃芯婷呆坐著，眼神茫然，連我在她眼前揮手都沒有反應。

「喂！」我謹慎地用食指戳了黃芯婷一下。

黃芯婷這才慢慢轉過頭來，面無表情的看著我。

「對不起！」我立刻雙手合掌，誠心誠意的道歉。

「……嘿嘿……嘿嘿嘿……」

嘿嘿嘿？

黃芯婷發出突兀的傻笑聲，我錯愕的抬起頭來。

「嘿嘿……」黃芯婷自顧自的傻笑。

完了，打擊太大，瘋了。

「是我害了妳……」我嘆了口氣，拍拍黃芯婷的肩膀，接著說：「可是我不會照顧妳一輩子。」

「誰、誰要你照顧啊，笨蛋！」

黃芯婷猛一回神，使勁捏了我的手臂，痛得我發出慘叫。

「好、好痛，妳幹嘛啊？」

「嘿嘿……賴義豪剛剛……對著我笑耶。」黃芯婷想起剛才和賴義豪的對話。

「對著妳笑？」妳確定不是笑妳白痴嗎？

「嗯！」黃芯婷露出心滿意足的神情。

我困惑的搔了搔頭，直問：「他說了些什麼？」

「他說……」

「噗哧……哈哈哈！妳真的是個很有趣的人。」

「明天我不用補習，輔導功課就約在明天吧！」

「哦……」我手撐著下巴，覺得事情的發展十分詭異。

不過，終究還是成功了，這是件好事。

我又拍了拍黃芯婷的肩膀，微笑說：「那就先恭喜妳成功踏出第一步啦！」

「嗯，嘿嘿嘿……」

只不過是看到賴義豪對著自己笑，黃芯婷竟然如此心滿意足。

看著她傻笑的蠢樣，我自己也忍不住笑了出來。

真的很可愛呢~這個沒有心機的小女孩。

第七章

啊，今天好像有戀愛遊戲周邊商品的特賣會？

「咚咚咚！」

「喀碰！」

「砰砰砰——」

明明是美好的假日，原本打算睡到自然醒的我被窗外道路施工的聲音吵醒，就算我用棉被蓋住整顆頭，那擾人的、震天價響的噪音仍不停將我從夢中喚醒。

「啊啊啊——這樣叫人怎麼睡覺啊？」我暴躁地掀開棉被，向窗外吼道。

只見樓下站著一名皮膚黝黑、身材壯碩的中年男子，戴著工地安全帽，望向我。

「年輕人，你在鬼叫什麼？」壯碩如熊一般的中年男子問道。

「沒啊，早安。」我露出招牌微笑，向中年男子揮了揮手。

工人們頂著大太陽，揮汗如雨下，為百姓鋪路，如此偉大，我怎麼可能因為一點噪音就對那些辛苦的工人叔叔們大發雷霆呢？

總之，我絕對不是畏懼那位中年男子活像是特種部隊的壯碩身材。

我將窗戶關上，試圖降低令人震耳欲聾的噪音，結果發現一點用也沒有。

納悶地嘆了口氣，我躺回床上。

07 啊，今天好像有戀愛遊戲周邊商品的特賣會？

「啊，今天好像有戀愛遊戲周邊商品的特賣會？」突然想起前陣子收到的廣告傳單，我從床上跳了起來。

瞧了時鐘一眼，特賣會即將開始，這時候到市區一定是大排長龍。

「嘖，排到最後搞不好什麼都買不到……」想起之前《峽谷末日V》首賣會的空前盛況，總覺得買到限量商品的機會渺茫。

無助地盯著手機螢幕愣了一會，我突然想到一個絕佳的方法。

拿起手機撥號，響了兩聲後很快的接通了。

「喂，黃芯婷嗎？」

「幹嘛？做作男！」話筒另外一端傳來黃芯婷沒好氣的聲音。

「嘿嘿嘿～～想請妳幫個小忙啊，今天是限量周邊商品的特賣會……」

我的話還沒說完，只見黃芯婷冷冷道：「沒空。」

「Why！」我失望的大叫一聲，又問：「妳不是史上最閒的人嗎？到底要忙什麼？」

只見話筒另外一端傳來一陣無聲的沉默，還以為是收訊不良造成通訊中斷，我對著話筒不停地呼喊：「喂、喂、哈囉！黃芯婷妳還有在聽嗎？」

「吼，幹嘛啦！」黃芯婷突兀地怒吼，嚇了我好大一跳。

「哎喲，想叫妳用瞬間移動帶我進特賣會啊，現在這時間過去，鐵定是大排長龍！」

黃芯婷哼了一聲，支支吾吾的說：「我、我今天有約了啦……要讀書！」

「啊，對吼！」我這才猛然想起，昨天賴義豪和黃芯婷約好一起讀書。

「……」

電話另一端又是一陣無聲的沉默，想必黃芯婷現在是既害羞又緊張。

「好吧、好吧，你們就去約會吧！」我大笑。

黃芯婷害羞地急著反駁：「才、才不是約會呢！」

呵~我彷彿能看見她拿著手機害羞的模樣。

「兩個人獨處就是約會啊，發展順利的話……搞不好還能一起看電影呢！」她的反應實在很可愛，於是我決定繼續捉弄黃芯婷。

「不、不可能啦……看看看看電影什麼的！」黃芯婷害羞的說。

「什麼？妳不想看電影，那直接去賓……」

「嘟、嘟、嘟……」

我的話又還沒說完，黃芯婷竟然將通話結束。

「什麼啊，居然敢掛我電話？」我感到十分掃興。因為令人臉紅心跳的重點都還沒說出來耶！

「掛你電話又怎麼樣？」

突然背後傳來黃芯婷的聲音，我轉頭一看，只見她額頭冒著青筋，拳頭緊握。

一瞬間，背脊發涼，我故作鎮定地說：「哈哈哈，開個玩笑而已啊！」

「碰！」

黃芯婷二話不說，上勾拳朝我下巴猛毆，我頓時感到眼冒金星。

「很痛耶！妳既然都可以用瞬間移動過來揍我，不如順便帶我去特賣會啦！」我痛苦地喊道。

「不要！」黃芯婷雙手環胸，毫不猶豫的拒絕。

「為什麼？真小氣！」

「……我怕會把衣服弄髒。」黃芯婷嘟起嘴，困擾地看著我。

經黃芯婷這麼一說我才發現，她現在穿著的是我沒見過的外出便服。

看過她穿校服、穿睡衣，外出便服這倒是第一次，頗新鮮的。

「幹嘛一直盯著我看？」黃芯婷臉頰泛紅。

嗯，不愧是混血蘿莉，上衣是尺寸較小的白色T恤，使平坦的小肚臍若隱若現，搭配牛仔吊帶褲，穿出一身俏皮、可愛的感覺，好像雜誌上常見的模特兒，十分吸睛。

柔順的金髮搭配暗色系的牛仔吊帶褲變得格外顯眼，更添光澤亮麗。

黃芯婷一雙水汪的大眼睛盯著我看，露出困惑的神情。

「妳這樣穿還滿可愛的。」我讚道。

「可、可愛？我我我又不是特地穿給你看的！」黃芯婷害羞地罵、拚命揮舞她纖細的四肢。

這個害臊的反應，無論我看了幾次，都不會覺得膩。

「好啦，那我只好自己去啦。」我嘆了口氣，示意黃芯婷回去約會地點，免得遲到會給人不好的印象，尤其是賴義豪那種刻版印象、不苟言笑的人。

「嗯……」黃芯婷離開前，還不時地看著我。

「幹嘛？」我換上便服後，困惑的問。

只見黃芯婷瞧了一眼牆壁上的時鐘，問道：「不需要我用瞬間移動帶你過去嗎？」

「不用啦，偶爾排隊也滿有趣的，說不定會發生什麼新鮮的事情。」我笑道。

確定不需要用超能力幫助我後，黃芯婷再次施展瞬間移動，消失在我的面前。

在認識黃芯婷之前的我，為了買到限量商品或遊戲光碟，就經常排隊。如果不算戀愛遊戲達人，我也稱得上是排隊達人了吧？

為了打發大排長龍的無聊時光，我會注意周遭的人、事、物，從情侶吵架到路人跌倒，時常會發生一些新鮮有趣的事。

新鮮有趣的事——一開始我是這麼想的啊！

○●○●○●○

「桃園火車站，怎麼走，請問？」

令人印象深刻的獨特腔調，過目不忘的豐滿胸部、性感火辣的身材。

前幾天才在中壢火車站附近遇到的外國大姐，竟然又在桃園市區裡問路！

「我說……大姐，我們還真有緣啊。」我乾笑著。

「是你啊，Boy，真的很有緣呢！」外國大姐笑道。

看著她深邃的五官，成熟的金色捲髮，全身上下無不是個美人胚子。不做作的豪邁笑聲也吸引了不少路人的目光。

「妳怎麼老是在問路啊？」我困惑的問。

「實在看不懂複雜的中文字呢，但是我有很重要的任務在身，能帶我去桃園火車站嗎？麻煩你。」外國大姐用奇怪的腔調問道。

「呃，如妳所見——」我指著大排長龍的人群隊伍，婉轉的說：「我正在排隊，建議妳找別人帶妳去火車站比較快。」

「沒關係，我陪你排隊。」外國大姐。

「什麼！」我吃驚地張大著嘴，問道：「妳不是有任務在身嗎？」

外國大姐聳肩，微笑著說：「Who care？不重要！」

她剛才明明說很重要的不是嗎？

很重要不是嗎？要我啊！

「妳幹嘛突然陪我排隊啊？我們又不認識……連名字都不知道。」我嘆了口氣，長得帥也是一件令人困擾的事呢，連外國女性也為我著迷。

「My name is 蕾姆．蒂絲娜，nice to meet you again！」外國大姐說道。

我錯愕的說：「不是那個意思啦，我沒有問妳叫什麼名字！」

「Yes，你可以叫我蕾姆就好。」

拜託，聽人家講話好不好？

「好吧，蕾姆小姐……」我輕咳，表情嚴肅的說：「我正在排隊搶購限量商品，妳看，前面大排長龍，等我買到商品恐怕已經是一個小時之後的事情了。」

「Wow！這麼久啊？」名叫蕾姆．蒂絲娜的外國大姐驚呼一聲。

我點頭，接著說：「沒錯，為了避免耽誤到妳的時間，還是……」

「還是你帶我去火車站吧？」蕾姆．蒂絲娜說道。

「……」外國人都這麼厚臉皮嗎？

看著前方的隊伍，特賣會已經開始將近半個小時，可是隊伍人群前進的速度之慢，剛才所說的一個小時也只不過是大略估計，看來想買到限量商品可能需要兩個小時以上。

又看著蕾姆．蒂絲娜這位外國大姐一副期待的神情，我也只好妥協。

嘆了口氣，我說：「好吧，就帶妳去火車站吧。」

「Thank you，Boy 你人真好！」蕾姆．蒂絲娜笑道。

「嗯，我姓藍，叫藍士仁。」我離開大排長龍的隊伍，朝火車站的方向走去。

蕾姆．蒂絲娜則不疾不徐地跟在後方。

「藍士仁，亞洲人的名字都很好聽呢！」

「謝謝，我反倒覺得外國人的名字很好聽。」我笑道。

別人的總是比較新奇、比較好，這就是人性。

因為是假日的關係，人潮比平日多了不少，徒步街和商店裡都擠進了不少遊客。

桃園和中壢不同的是——百貨公司特別多。也因為週年慶的關係，各式各樣的服飾出清特價，因此女性客人特別多，放眼望去，隨便都能看見一臺擺著半價商品的花車前擠滿了人。

俗話說得好，在中壢就是逛街，在桃園則是逛百貨。

我和蕾姆．蒂絲娜碰面的地方，原本就離火車站不遠，不到幾步路的時間，兩個人便到了桃園火車站正前方。

火車站的人潮最為密集，也是車輛最多的地方，值班的交通警察也是平日的兩倍，他們分別站在馬路中央、岔路口，指揮著繁忙的交通。

站在火車站正前方的百貨公司門口，我說：「到了，前面就是桃園火車站。」

蕾姆．蒂絲娜望向我所指之處，桃園火車站五個大字最為顯眼。

都帶她到這裡了，說什麼也不可能再迷路吧！

如果這樣還能迷路，就不算是路痴，而是白痴了。

「謝謝，Boy，不過我要去附近的天地銀行，今天只有這家銀行有開門。」蕾姆．蒂絲娜拿起手機說道。

這位外國大姐的打扮相當時髦，和第一次見面時西裝筆挺的模樣不同。今天她穿著黑藍色幾何圖形的洋裝，豐滿渾圓的胸器呼之欲出，即使胸前掛著一副名牌墨鏡，仍掩不住洋裝下那對傲人的雙峰。

雖然我骨子裡是個電玩宅男，不過為了陽光、帥氣的完美形象，多少還是涉獵了一些和時尚有關的資訊，也因此我認得蕾姆．蒂絲娜胸前掛著的那副名牌墨鏡要價臺幣好幾萬，而且是當季新品，擁有它，可說是走在時尚尖端。

所以當我看見蕾姆．蒂絲娜的手機時，稍微感到吃驚。

這麼時尚、富裕的人，竟然拿著一支看都沒看過的雜牌手機——設計粗糙的黑色外殼，連螢幕好像都是墨綠色的，拿在蕾姆．蒂絲娜手上顯得反差相當的大，十分違和。

「天地銀行嗎？我好像有印象。」我抬起頭來四處張望，看看有沒有前往天地銀行的告示牌。

「有了！」我指著不遠處的柱子，上頭的告示牌寫著「天地銀行往左」六個字，「妳看那個告示牌，天地銀行就在不遠了。」

「OK，我看見了！」蕾姆．蒂絲娜說道，快步向右走。

「左邊、左邊啊！蕾姆小姐，妳怎麼往右邊走？」我急著叫住蕾姆．蒂絲娜，如果繼續讓她這樣往反方向走，走到明年都不可能到得了天地銀行。

「Oh my god，我實在是分不清楚中文字啊！」蕾姆．蒂絲娜大笑道：「『左』跟『右』

實在長得太像了。」

「……」

我錯愕地看著大笑的蕾姆．蒂絲娜，無奈的嘆了口氣，說：「好吧，我就好人做到底，帶妳去天地銀行吧。」

「Oh～Thanks，你人真的很Nice！」蕾姆．蒂絲娜讚道。

不是我人很Nice，是我總覺得放妳自己一個人走，到最後迷路了一定也會找上我。實在是太邪門了，那麼多大地標她找不到，人群中偏偏能遇到我。

走在路上，蕾姆．蒂絲娜聊起了來到臺灣後的心得，說臺灣人都十分熱情，然後有些食物她不太敢吃，譬如臭豆腐、米血糕……等，道地臺灣味。

「臭豆腐的味道是個特色，在臺灣也有人不喜歡，不過，主要還是炸臭豆腐的酥脆口感最吸引人。」我說。

「Oh，還有夜市常有的地瓜球，我也不太敢吃。」蕾姆．蒂絲娜笑道：「但是我姐姐很喜歡。」

「哦？那不錯吃啊，甜甜的。」差點忘了蕾姆・蒂絲娜在臺灣還有個姐姐，據說住在臺灣已經好一陣子了，想必也是個身材姣好高䠷、五官精緻的美人胚子。

瞎聊著好一會，我們到了天地銀行門口，只見裡面擠滿了民眾，排隊人數多達十幾人，又剛好碰上運鈔車替銀行補充現金的時間，看來蕾姆・蒂絲娜也得等上好一陣子。

「那就先送妳到這裡啦，我要回去排隊，看還有沒有機會買到限量商品了。」我向蕾姆・蒂絲娜揮了揮手。

「謝謝你，好心的臺灣 Boy。」蕾姆・蒂絲娜淺淺地笑，只見她的眼神飄邈不定，好像在觀察四周的車輛。

天地銀行門前除了運鈔車外，還停滿了機車，擁擠程度甚至連行人都很難通過，但這還算是正常現象。

唯一讓我覺得奇怪的是，附近有不少黑色的轎車沒有依照停車格停放，反而隨便靠在路旁，使得行人與機車難行，活像個路霸似的。

「嘖嘖，市區的道路已經夠窄了，他們還這樣停，要別人怎麼過啊？」我碎唸道，正準備轉身離開時，發現蕾姆・蒂絲娜走進銀行後，也沒有領取號碼牌，就這麼靜靜坐在椅子上。

加上剛才蕾姆．蒂絲娜觀察四周車輛的異狀來看，好像她早知道這個時間點在天地銀行門前會停滿了汽、機車。

困惑的感覺在我心裡揮之不去，我只好放棄購買限量品的念頭，跨出步伐、走進銀行。坐在椅子上的蕾姆．蒂絲娜看見我，不但沒有感到驚喜或是意外，反而面露難色。

「Boy，你不是要去買限量商品嗎？」蕾姆．蒂絲娜問。

我搖了搖頭，故作無事地說：「沒有啦，應該是買不到了，就想說順便陪妳排隊啊，現在人這麼多，鐵定要等上好一陣子，沒人聊天多無聊啊！」

「這……」蕾姆．蒂絲娜的表情十分複雜，她又拿起了那支雜牌手機瞧了一眼。

「怎麼了嗎？」我好奇的問。蕾姆．蒂絲娜的態度轉變非常的大，令人起疑。

「No，你還是得離開這裡。」她起身，伸手捉住我的手臂。

「為什……」

我話才說到一半，門口便傳來鐵門拉下的巨響聲，「喀喀喀喀——碰！」在場民眾頓時一片譁然，引起不小騷動。

鐵門拉下來幹什麼？

這種似曾相識的感覺，使我內心不斷湧出不祥的預感。

這時，天地銀行裡傳來廣播聲：「現在正在進行銀行補鈔作業，作業時間大約十分鐘，請各位民眾耐心等待。」

「喔……」聽見廣播後，我這才鬆了口氣。

原來是補鈔作業啊，還以為又是——

「砰！」

槍聲從人群間傳出，震耳欲聾，場面瞬間混亂，民眾們尖叫亂竄，卻因為鐵門已被拉了下來而無處可逃。

「搶劫！」一名蒙面的男子大喊，隨即又開了幾槍。

幹！為什麼又是搶劫！為什麼我走到哪都會遇到搶劫啊！

「統統閉嘴！全部人給我蹲下來，老實點啊！」

歹徒人數多達五人，每個人都攜帶槍械，十分恐怖。

先前我有遇過搶劫的經驗，但當時是因為黃芯婷在場才平安度過，現在黃芯婷和賴義豪在用功讀書，根本不知道我正處於水深火熱。

趁著現場一片混亂，場面還沒被歹徒控制時，我趕緊拿起手機，試圖撥給黃芯婷。

就在這時，一隻手捉住了我，我嚇得魂飛魄散，抬頭一看，竟然是面色凝重的蕾姆．蒂絲娜。

「不要拿出手機做出像是要報警的動作，這樣會激怒歹徒。」蕾姆．蒂絲娜語重心長的說。

「好……」我嚇得趕緊收起手機。

突然蒙面歹徒走向我們，拿著手槍指向我，凶神惡煞地說：「你他媽在竊竊私語什麼？剛剛那是手機嗎！啊？」

「關你屁事，醜八怪，You ugly！」蕾姆．蒂絲娜罵道。

妳這樣才會激怒歹徒吧！

「抱、抱歉，她剛來臺灣，還以為是整人節目。」我趕緊替蕾姆．蒂絲娜解圍，不斷地向歹徒求饒。

「廢話少說，手機拿出來！」

蒙面歹徒不停的拿槍在我面前晃啊晃，嚇得我快要尿失禁了。

「好，好！」我顫抖著拿出手機，不停求饒：「大哥千萬不要衝動，我們只是一般路人！」

「啐！」

蒙面歹徒一拿到我的手機便往地上猛砸，「啪喀！」一聲，我的手機頓時四分五裂，慘不忍睹。

摔爛了我的手機後，蒙面歹徒這才回去和他的同黨將銀行的現金裝入背包裡。

蕾姆．蒂絲娜嘆了口氣，無奈地說：「就叫你不要激怒歹徒吧……」

「明明就是妳激怒他的——」我慘叫，然後欲哭無淚地說：「這支手機我才剛剛買不久耶！」

看著手機四分五裂的軀殼，連記憶卡都噴了出來，這下子沒辦法聯絡黃芯婷前來搭救，萬事休矣。

「完了、完了，看來我這次死定了。」我蹲在地上自暴自棄地說，如果這時候黃芯婷在就好了。

「別擔心。」蕾姆．蒂絲娜食指壓在嘴唇上，小聲地說。

「怎麼可能不擔心？」我苦笑，看著那群凶神惡煞的歹徒，好像殺人不眨眼似的。

「其實我是美國的特務，再等一下下……先讓我觀察一下這群人是不是我在找的那幫歹徒。」蕾姆．蒂絲娜說道。

「妳是美國特務？」我差點叫出來。

「正確來說，我們家族的人都是特務。」

美國特務連桃園火車站怎麼走都不知道？

「小聲點，你這樣會激怒歹徒。」蕾姆．蒂絲娜說。

「好……」雖然我對蕾姆．蒂絲娜的話半信半疑，假使她真的是美國特務，那就還有一線希望。

剛才那位蒙面歹徒又注意到了我和蕾姆．蒂絲娜兩人，他踢開擋在腳旁的民眾，氣憤地吼道：「你他媽又在竊竊私語什麼！嫌砸了手機還不夠嗎！信不信我轟了你的腦袋？」

「關你屁事啊！有本事你轟了他的腦袋啊！」蕾姆．蒂絲娜不甘示弱地向歹徒大罵。

明明就是妳在激怒歹徒啊！

而且為什麼是轟了我的腦袋啊！

這個瘋女人分明是想害死我嘛！

「妳這洋妞，當我不敢？」蒙面歹徒一氣之下，槍口指向我。

看著他的手指正準備扣下扳機，人生跑馬燈頓時從腦內浮現……

我還以為跑馬燈會是國中最受歡迎的風光時期，想不到……竟然是，滿滿的她。

「看來這群歹徒不是我在找的強盜集團。」蕾姆．蒂絲娜低聲的說。

我還反應不過來，只見蕾姆．蒂絲娜一個跨步向前，按住歹徒的手，以擒拿術搶過蒙面歹徒的槍械。

「呃！」蒙面歹徒發出驚呼，隨即一聲槍響，子彈穿透歹徒的腹部，鮮血直流。

強盜的同黨被突如其來的槍聲吸引了注意力，只見蒙面男子倒下，其他歹徒大聲幹罵，紛紛朝蕾姆．蒂絲娜開槍。

就如蕾姆．蒂絲娜所說，她是美國特務。

槍聲不停、震天價響，槍林彈雨之中，蕾姆．蒂絲娜以敏捷的身手躲到沙發後方，還不停用剛才搶到的手槍給予反擊。

眼前的一切就好像警匪電影般刺激，我嚇得躲在牆壁的柱子旁，深怕被波及。

「砰！」、「砰！」、「砰！」、「砰！」、「砰！」……

槍響此起彼落，子彈有來有往，蕾姆．蒂絲娜不愧是訓練有素的美國特務，彈無虛發，幾回合激烈的攻防後，歹徒同黨被擊倒了剩下二人。

緊要關頭，蕾姆．蒂絲娜手上的槍也沒子彈了。

「臭娘們，沒子彈了吧！」剩下的兩名歹徒不斷嗆聲，朝蕾姆．蒂絲娜躲著的鐵桌猛開槍。

我靠著牆壁、渾身顫抖，不經意的和蕾姆．蒂絲娜對上視線。

只見一名倒下的歹徒屍體旁掉了一把手槍，就距離她不遠。

剩下的兩名歹徒怎麼可能讓蕾姆．蒂絲娜去撿槍呢？

儘管蕾姆．蒂絲娜試圖以最快的速度撿取槍枝，但是只要稍微露出一點衣角，那兩名歹徒就會不停的開槍，使蕾姆．蒂絲娜完全沒有機會反擊。

「……」雖然因為害怕而不停顫抖，我還是張望著周遭的民眾，有些人被流彈所傷，大部分人還是蹲在地上、手抱著頭，動都不敢動。

照這樣下去，蕾姆．蒂絲娜遲早會被殺。

於是我急中生智，決定吸引歹徒的注意力，好讓蕾姆．蒂絲娜能趁著空檔撿槍。

「……」正當我站起來，試圖利用大喊來吸引歹徒的目光時，我——退縮了。

之前碰上搶案，為了讓黃芯婷發現藏在人群中的強盜，我毫不猶豫的上前了。但為什麼現在卻辦不到了……

站在蹲下的人群之中，我顯得相當突兀。

雖然沒有成功喊出來，兩名歹徒還是注意到了站起來的我，接著槍口毫不猶豫地指向了我。

這次妳不在場，看來我是死定了。

抱歉啦，黃芯婷……往後的日子我幫不了妳囉！

「砰！」

槍聲衝破耳膜，我嚇得緊閉眼睛，還以為子彈會射穿胸膛，過了好一會，仍然沒感覺到疼痛，我才慢慢地張開眼睛。

「呃！」

原來蕾姆．蒂絲娜沒放過歹徒分心的一瞬間，哪怕只有幾秒鐘，她還是以最快的速度撿起手槍、解決了其中一名歹徒。

剩下的最後一個強盜，當然不是蕾姆．蒂絲娜的對手啦！

所以，他挾持了一名人質，向蕾姆．蒂絲娜破口大罵。

「把槍放下，不然我就殺了他！」強盜吼道，用手槍指著人質的頭。

沉默的蕾姆．蒂絲娜沒有照著歹徒的話做，她仍舉著手槍，虎視眈眈盯著歹徒，兩人對峙不下。

身手敏捷、槍法高超的蕾姆．蒂絲娜，只要繼續和歹徒對峙，找到破綻便仍將歹徒解決，一般人當然希望蕾姆．蒂絲娜不要把槍放下啊。

但是我現在超級、無敵、霹靂希望蕾姆．蒂絲娜可以把槍放下來的。

為什麼？

因為我就是那個衰小的人質啦，幹！

「嗚嗚嗚……我怎麼會這麼倒楣？」歹徒粗壯的手臂緊勒著我的脖子，冰冷、堅硬的槍口壓在我的頭上，我早已嚇得淚流滿面。

只見蕾姆．蒂絲娜緩緩地將手槍放下，眼看就要扔到地上時……

「快逃！」蕾姆．蒂絲娜大叫。

「渾……」

歹徒被逼急了，決定痛下殺手把我殺了，卻在這時突然全身僵硬、動彈不得。我沒有放過逃跑的機會，立刻掙脫了歹徒的手，跑得遠遠的。

而蕾姆．蒂絲娜立刻舉起槍，「砰！」最後一名歹徒倒下。

「呼……」蕾姆．蒂絲娜吐了口濁氣，將鐵門拉開。

銀行內的民眾們紛紛歡呼，讚賞蕾姆．蒂絲娜的英勇。

隨著鐵門拉開，只見銀行外面塞滿了藍、紅燈閃爍不停的警車；停在附近的黑色轎車駕駛被穿著防彈衣的警察壓在地上，動彈不得。

「早就有線報說，天地銀行今天會發生搶案……」蕾姆．蒂絲娜走向驚魂未定、不停顫抖的我。

「……」我看著蕾姆．蒂絲娜，腦海裡一片空白。

蕾姆．蒂絲娜扶起我，溫柔的說：「藍士仁Boy，你表現得很好，很英勇呢！」

不——一點也不英勇，我在緊要關頭退縮了。

如果蕾姆．蒂絲娜不是訓練有素的特務，我可能已經死了，最糟的情況，甚至會害死蕾姆．蒂絲娜。

○●○●○●○

走出銀行後，蕾姆．蒂絲娜和臺灣警察講著天地銀行金融搶案的情況，我站在人聲吵雜的銀行門口，耳裡全是救護車的聲音、記者們搶著報導的聲音。

我心神不定的杵在原地好久好久，直到蕾姆．蒂絲娜走向我。

「你還好嗎？士仁 Boy！」蕾姆．蒂絲娜溫柔的問。

「……」我愣了一會，才緩緩地點頭，「嗯。」

「走吧，我請你喝杯熱咖啡，舒緩一下緊張的情緒。」蕾姆．蒂絲娜拉起我的手。

也不管我有沒有答應，我就這麼被蕾姆．蒂絲娜拉著走。

我剛才經歷了金融搶案，前陣子也經歷過一次，這次卻比上一次更害怕得不能自已，明明已經結束了、平安無事了，我卻還是驚魂未定，連正常講話都沒辦法。

為什麼？

因為……她，不在身邊嗎？

那個……讓我依賴的超能力……

走過馬路，汽車的喇叭聲不停傳入耳內，但我感覺卻好像靜音一樣，彷彿靈魂留在天地銀行裡，使得我現在像是行屍走肉般，眼神空洞。

隨著蕾姆．蒂絲娜的腳步，我踏上了斑馬線，來往的人潮之中，我看見了……他們向我走來。

「黃……芯婷？」我脫口而出。

黃芯婷這時候不是應該和賴義豪在讀書嗎？為什麼會出現在市區逛街？

「咦，做作男和……」黃芯婷吃驚地看著我。

「姐姐！」蕾姆．蒂絲娜開心大叫，扔下錯愕的我跑向黃芯婷。

第八章

總而言之，還是幼稚。

事情是這樣的，經歷了一場銀行搶劫案後，驚魂未定的我被美國特務蕾姆．蒂絲娜硬拉著去喝咖啡，試圖舒緩一下緊繃的情緒。

離開案發地點後，走不到幾步路，便在一處紅綠燈路口碰上了……

「姐姐，我找妳好久了啊！」

蕾姆．蒂絲娜也不顧眾人目光，硬是將黃芯婷塞進了波濤洶湧的雙峰裡，還不斷地用臉頰磨蹭。這是什麼懲罰遊戲嗎？

「蕾、蕾姆，妳怎麼會在這裡？」黃芯婷害羞地想推開自己的妹妹，力氣卻遠遠不及。兩個女生就這麼在眾目睽睽之下擁抱，蕾姆．蒂絲娜的身材高挑、豐滿火辣，相較之下黃芯婷更顯得嬌小可愛——我是不排斥百合，反而還有點喜歡。

蕾姆．蒂絲娜大膽的舉動也吸引了不少路人圍觀，我則巧妙的融入圍觀的人群，假裝不認識她們，順便一飽眼福，顆顆。

「看、看……」被胸部擠得變形的黃芯婷，注意到了圍觀的路人，臉頰變得潤紅滾燙，竟然惱羞成怒地向圍觀的人群大吼：「吼——看什麼看啦！」

好一個河東獅吼，想不到她個子嬌小，嗓門卻這麼大，怒吼聲猶如森林之王獅子的咆哮，令人難以言喻的強大霸氣震懾了圍觀的路人，包括我。

其他人紛紛嚇得落荒而逃，唯獨我站在原地。

這時，蕾姆．蒂絲娜轉過來看了我一眼，我不明白她為什麼突然注意到我，之後她也沒和我開口說話，反而是繼續纏著她的姐姐，也就是黃芯婷。

「我被派來臺灣辦事情，順便來探望姐姐呀！」蕾姆．蒂絲娜用那一口濃厚外國腔的口音說道。

這時她的西裝外套隱約的發出震動和鈴聲。蕾姆．蒂絲娜從口袋裡拿出雜牌手機瞧了一眼，隨後將電話掛上。

「哦，是家族那些人嗎？」黃芯婷用手掌撐著蕾姆．蒂絲娜的臉頰，不讓她繼續靠近。

「嗯。」蕾姆．蒂絲娜點頭。

看來黃芯婷也知道蕾姆．蒂絲娜現在的職業是特務呢，不過兩個人明明是親姐妹，怎麼給人的感覺差距這麼大？

蕾姆．蒂絲娜，現任美國任務，身材高䠷、豐滿，年紀比我們都小，卻散發出一股成熟女人的韻味，不久前單挑一幫歹徒還以壓倒性的實力取勝。

她連穿著也是十分講究，襯托性感曲線的名牌貼身洋裝，給人親切感又不失高雅的波浪捲髮；當季時尚指標的名牌墨鏡還巧妙地掛在馬里亞納海溝上，令人看得臉紅心跳，欣賞名牌墨鏡的同時又能欣賞自然界偉大的美景，雙重滿足。

相較之下，黃芯婷，現任高中生，身材嬌小、貧乳，年紀和我相同，卻散發出一股小學還沒畢業的蘿莉韻味，只會用超能力做一些沒有意義的事情。

她連穿著也是十分幼稚，可能大人的衣服沒有她的尺寸，只好買最大件的童裝來穿，所以T恤顯得有些短小而露出若隱若現的小肚臍，搭配牛仔吊帶褲，更顯得俏皮可愛——總而言之，還是幼稚。

「唉……」不知道為什麼，我打心底同情黃芯婷，所以不自覺地嘆了口氣。

「碰！」

「Oh my god，姐姐，妳怎麼突然對藍士仁 Boy 動粗呢？」蕾姆．蒂絲娜驚呼，看著倒在地上抽搐的我。

黃芯婷緊握著拳頭，忿忿不平的說：「不知道，看見他突然對著我嘆氣就很火大！」

「你們認識嗎？」蕾姆．蒂絲娜指著我和賴義豪及黃芯婷問道。

站在黃芯婷身後許久的賴義豪點了個頭。

「這位是賴義豪，是我高中同班同學，至於他……」

黃芯婷用像是看見垃圾的冷漠眼神盯著我，不過她再怎麼毒舌，也不可能在別人面前說出我是垃圾這種直接又傷人的話吧。

「是不可回收的同班同學。」黃芯婷一臉正經的說。

喂喂，這是婉轉的罵我是垃圾的意思嗎？

我忿忿不平的從地上爬了起來，拉住黃芯婷的手臂到一旁，低聲的問：「喂，妳不是和賴義豪去讀書嗎？怎麼跑來逛街了！」

「……是、是他突然提議的啊！」

只見黃芯婷臉頰泛紅，好像只要有賴義豪陪著，去哪兒都可以。

見狀，我有些惱怒的直呼：「看來你們發展得不錯嘛，根本就不需要我啊！」

「你、你突然講這什麼話啦？」黃芯婷被我酸得有些不悅。

我擺出痞子般的表情，冷笑道：「我剛才又經歷了生死關頭，差點沒命，妳倒好命了，和喜歡的對象約會獨處，又是逛街的，好幸福喔！」

「……」黃芯婷臉色一沉，瞪了我一眼，「無聊！」

我想反駁，卻不知道該說些什麼。

黃芯婷和賴義豪有出乎預料的進展，照理說是好事啊，但不知道為什麼，我心情非常複雜，看見他們不像當初說的一起讀書，反而是像情侶般一起逛街，我的內心就十分不是滋味。

感覺自己好像被騙了一樣。

「姐姐，妳能和我一起回美國嗎？」蕾姆・蒂絲娜問，這時她胸前的口袋又不停發出微弱的震動及鈴聲。

「不要。」黃芯婷果斷拒絕。

難得豪邁的蕾姆・蒂絲娜會露出無奈的苦笑，她笑容很牽強的說：「姐姐，妳真的打算拋棄『夏洛洛・蒂絲娜』這個名字嗎？」

只見黃芯婷臉色變得越來越難看，她低著頭、語重心長的說：「蕾姆，不要再提那個名字了……」

「果然啊……」蕾姆．蒂絲娜無奈的笑。

「那就先這樣了，讓人家久等不太好。蕾姆，我會再聯絡妳。」黃芯婷轉身走向賴義豪，邊說：「做作男，學校見囉！」

什麼學校見囉？妳這見色忘友的女人，竟然對我發生搶案的事情不聞不問！

目送著黃芯婷和賴義豪的背影逐漸遠去，周遭行人的聲音才漸漸大聲了起來，因為銀行搶案而受到的驚嚇與恐懼頓時一掃而空，取而代之的是莫名的煩躁。

紅燈路口，四面八方而來的汽車喇叭聲此起彼落，毫不間斷。我和蕾姆．蒂絲娜走了幾段路，來到附近的咖啡廳。

「士仁 Boy，想不到你竟然是姐姐的同班同學呢。」蕾姆．蒂絲娜向服務生點了兩杯熱咖啡後，一坐下便開口。

「嗯。」我回應的態度有些冷漠，但絕對不是遷怒蕾姆．蒂絲娜，而是心情實在太複雜，思緒混亂得連我都不清楚現在的自己到底在想什麼。

在路口碰上賴義豪與黃芯婷的那一幕，在我腦海裡揮之不去。

煩，就是很煩。

我沉默著，蕾姆．蒂絲娜也沒開口說話，氣氛尷尬了好幾分鐘，服務生才端著托盤為我們送上兩杯熱咖啡。

蕾姆．蒂絲娜率先拿起咖啡品嘗，她不怕燙，直接喝了一大口，而我則輕輕啜飲，想讓熱咖啡暖暖身子，順便紓緩一下煩躁的情緒。

「士仁 Boy，你是不是喜歡姐姐啊？」

「噗——」

蕾姆．蒂絲娜語出驚人，害我噴了滿嘴咖啡。

我擦去嘴角的咖啡漬，乾笑著說：「怎麼可能啊？哈哈，我又不是蘿莉控！」

「But，你看見姐姐和另外一位同學走在路上的時候，表情瞬間變得十分不悅呢。」

「喔，那是因為我感覺好像被騙了啊。」我嘆了口氣。

蕾姆．蒂絲娜皺眉，又喝了口咖啡，問：「被騙？」

「嗯，說來話長啦……」

我盯著窗外人來人往的街道，成雙成對的情侶比單身的人來得更多，以往沒有特別感覺，現在看見卻顯得格外刺眼。

「反正大概就是，黃芯婷拜託我幫她追賴義豪，原本約好今天只是讀書而已，卻發現他們的進展超乎我的預料，竟然一起逛街，妳說這樣是不是太快了？」我滔滔不絕地說。

「士仁Boy，度量不必這麼小呀。」蕾姆．蒂絲娜微笑。

「度量小？這跟我的度量哪有關係！」聽到蕾姆．蒂絲娜的話，我不禁地想，她真的懂中文「度量」的意思嗎？

「Boy你很明顯是吃醋喔。」

「噗——」

我又噴了滿口咖啡。嗯，也隱約感覺到服務生開始在不爽我了。

「吃醋？我又沒有喜歡黃芯婷，幹嘛吃醋啊！」我大笑。

蕾姆．蒂絲娜用攪拌棒破壞了咖啡上的拉花，面帶微笑著，沒有任何回應。

我又嘆了口氣，熱咖啡是暖了身子，但煩躁的心情仍然在我內心裡蔓延。

「不說這個了，妳如果真的是黃芯婷的親妹妹，那……」想起不久前經歷的銀行搶案，我直說：「妳也會超能力，對不對？」

「Wow！」蕾姆．蒂絲娜放下攪拌棒，驚訝地看著我：「士仁Boy，你連這個都知道？」

「嗯，其實一開始我被歹徒挾持作為人質的時候，妳突然叫我快逃，那名歹徒也是在那一瞬間動彈不得。」我想起黃芯婷也對我用過相同的超能力。

「那應該就是妳使出的超能力吧？」我問。

「Yes，超能力是我們蕾姆家的遺傳。」蕾姆．蒂絲娜毫不保留的說。

「果然啊！當我知道妳是黃芯婷的家人後，就更能確定妳也有超能力這件事了。」我淺笑道。

「我們家族世世代代都是特務，為不同的國家賣命。」蕾姆．蒂絲娜拿出不停震動的雜牌手機，再次將它掛掉後，擺在桌上。

「那為什麼……」

我原本想問黃芯婷為什麼不是特務，反而在臺灣就讀高中，但是想到剛才黃芯婷如此排斥自己本名的模樣，話便梗在喉嚨中。

蕾姆．蒂絲娜也不愧是特務，她似乎知道我想問什麼。

「士仁Boy你想問為什麼姐姐不是特務，對吧？」

我點了個頭。

「姐姐的超能力在小時候，被公認為全家族最強的……」

蕾姆．蒂絲娜眼睛瞟向窗外，視線卻不在窗外的任何一個景色上，彷彿沉溺於過去，她的表情十分感慨。

「最強的話，當特務很好啊。」我說道。仔細想想也是啦，蕾姆．蒂絲娜擺平歹徒多是靠敏捷的身手與精準的槍法，很少使用超能力。

只見蕾姆．蒂絲娜搖了搖頭，語重心長的說：「但是……政府擔心超能力強大的姐姐，經過特務訓練後實力會強悍到無法控制的地步，於是……」

好像電影情節，我耳朵聽見的一切是多麼荒謬，卻硬生生的出現在我的生活之中，無論是超能力也好，還是身手敏捷的特務，全都是我親眼目睹過的。

「於是……把黃芯婷驅逐出境嗎？」我問。

蕾姆．蒂絲娜的笑容十分沉重，她搖了搖頭，臉色凝重的說：「於是，政府想抹殺姐姐的存在。」

「！」我真不敢相信自己聽見了什麼，眼睛張得老大、目瞪口呆的，說不出半句話來。

「呵呵……最後姐姐在我的幫助之下，隱姓埋名，逃到了臺灣。」蕾姆．蒂絲娜直盯著我錯愕的表情，接著說：「展開一般人的生活。」

「這樣啊……」

聽完了黃芯婷的過去，我心中煩躁的感覺消失了不少，可卻又被更沉重的心情壓得喘不過氣來。

原來，黃芯婷有這麼一段悽慘的遭遇，現在的她，當然只想過著正常人的生活，像個女孩子一樣，和喜歡的人談戀愛，整天形影不離、快快樂樂的。

也怪不得……她來我家的時候，會這麼黏著老媽了。

這麼年幼就被迫離開家鄉，一定很孤單、很想念家人吧？

「所以，當我聽見你知道超能力這件事情的時候，我是very驚訝的！」

「哦！」

起初還是黃芯婷自己告訴我的，用威脅的方式。

蕾姆．蒂絲娜淺笑著說：「畢竟，這種事情攸關到姐姐的性命，除非是真心信任的人，否則姐姐是不可能告訴對方有關超能力的事情。」

「呵呵……」想起知道超能力這件事之後所經歷的大風大浪，我還寧可不知道咧！

蕾姆．蒂絲娜將咖啡喝完，欲言又止地看著我，這時桌上的雜牌手機又響了起來，震動聲「嗯——嗯——」的響著，十分突兀。

「真是煩人呢。」蕾姆．蒂絲娜拿起手機，對我溫柔的笑說：「今天就這樣吧，謝謝你囉，士仁 Boy！」

謝我什麼？是指幫助黃芯婷追賴義豪的事情嗎？

我捧著還沒喝完的咖啡，目送蕾姆．蒂絲娜急急忙忙走出咖啡廳。

哎呀，當特務也是很辛苦的事情呢，應該是又有什麼任務要處裡了吧？

這時，服務生拖著空托盤、面帶微笑地走了過來說：「您好，兩杯熱咖啡一共是一百七十元。」

「原來謝謝我是這個意思啊……」

最初不是說她要請我喝咖啡的嗎？怎麼變成我請客了啊！

○●○●○●○

喝完咖啡、結了帳，走出咖啡廳後，外頭的天色進入傍晚。

天氣轉涼了，來來往往的行人們加穿了外套，他們低著頭快步行走，對於擦肩而過的人也不曾抬頭看一眼。

我站在咖啡廳門前，路口旁閃爍的紅綠燈，在傍晚的天空之下顯得特別孤單。

我不自覺地拿起了手機，手機裡沒有未接來電、沒有任何訊息，想必黃芯婷發展得相當順利吧！

「唉……」

原本想打電話給黃芯婷，問她進展的如何，卻不知道為什麼，撞見她和賴義豪兩人逛街的那一幕總是在撥號鍵前浮現，阻擾了我撥出的念頭。

又將手機收回口袋，我深深嘆了口氣，漫無目的地走在街上。

經過起初排隊的電玩店，限量的周邊商品也賣得差不多了。門口還有一些人在排隊，隊伍並不長，只要我這時候去排隊，也許還有機會買到限量的周邊商品。

不過，我竟然完全沒有購物的欲望，即便是限量的周邊商品，我仍是興致缺缺。

意興闌珊的往回家的方向走，身旁的一景一物也因為我納悶的心情顯得悶悶不樂。

回到家後，我將外套隨手一扔，癱坐在客廳的沙發上。

入夜後，沒有開燈的客廳僅剩窗外微弱的路燈照亮。

我閉著眼，試圖從紛亂的心情迷宮中找到出口，但莫名的失落與煩躁，好像同化了充斥著客廳的黑暗，如同荊棘般不停地纏繞著我，揮之不去的畫面更清晰地浮現在眼前。

「啊——真煩！」

歇斯底里的怪叫一聲，我從沙發上爬了起來，因為沒開燈的關係，在灰暗的客廳內踉踉蹌蹌的走向樓梯。

回到房間後，我將電腦開機，想說玩個戀愛遊戲來麻痺自己凌亂的思緒，視線不經意瞥見貼在牆上的《峽谷末日V》海報，那是黃芯婷為我買到的。

當時在電玩店裡發生搶劫案，我不慎中槍而昏了過去，原本還以為和《峽谷末日V》的限量海報無緣了，想不到黃芯婷竟然記得這件事，不僅幫我買了遊戲光碟，連限量海報都有拿到手。

雖然她對我的態度十分惡劣，又非常暴力，卻還是有溫柔可愛的一面。

因為一點小事就會滿臉通紅的黃芯婷，說到底還是非常單純的。

又不自覺地嘆了口氣。說真的，我好像有點羨慕賴義豪。

「不，不對！」

打斷自己的想法，我喃喃自語的說：「不可能喜歡上吧？又不是蘿莉控……」

從第一次見面開始，黃芯婷就不斷地霸凌我，完全不顧及我的形象，在所有人面前直呼我為「做作男」，也好幾次在全班同學面前痛毆我。

遲早有一天，我辛苦建立起的完美形象，會被黃芯婷毀掉吧？

最讓我感到意外的，仍是……內心隱隱約約的想法——

就算每天被她霸凌、每天和她鬥嘴，就算辛苦建立的形象毀於旦夕，只要能和她繼續相處，我……

「我到底在想什麼啊！」我緊抱著頭大叫。

身為戀愛達人的我，不是早就知道良好形象等於成功的人生這件事嗎？

如果我是個無藥可救的電玩宅、個性又惡劣到不行的事情被所有人知道了，那我不就會回到小時候那個走到哪都被排擠、被拋棄、被唾棄的生活嗎？

假如我的本性被人知道了，女生們對我的態度一定不會像現在一樣，反而是很冷淡、很不屑的嘴臉說——

「欸，你這傢伙真的很噁心耶。」

對，就像這樣。

「哇！」

我嚇了好大一跳，只見昏暗的房間內出現一名身型嬌小的女孩，灰暗的空間遮掩不了那金髮亮麗的光澤，在黑暗中仍是閃閃動人。

女孩舉起手彈指一聲，像變魔術般，天花板上的電燈忽然亮了起來。

我像是沉睡在黑暗中的吸血鬼，被刺眼的燈光照得睜不開眼。

「黃芯婷！」我瞇著眼看著眼前的女孩，女孩確實是黃芯婷沒錯，她又施展瞬間移動到了我的房間。

「哎，做作男，你是不是有什麼毛病啊？」黃芯婷仍穿著約會時的衣服，她嘆了口氣，說：「居然在房間裡自言自語，又沒開燈的，實在很詭異耶！」

「要妳管啊！」我沒好氣的說。

「哼～」

我看著牆壁上的時鐘，發現時間已經快要九點了，便問：「都這麼晚了，妳還穿著約會的衣服？」

「什、什麼約會啦？」聽見敏感字眼的黃芯婷臉頰泛紅，反駁道：「明明就只是一起讀書！」

「喔～」我擺出一副不屑的嘴臉，「讀書讀到一起逛街，真的滿厲害的。」

「……」黃芯婷臉色一沉，突然閉口不語。

該不會又生氣了吧？

反省了一下，我也覺得這樣潑冷水的舉動確實不太好。

因為心生歉意，我正準備向黃芯婷道歉時，只見她抬起微微泛紅的臉蛋，水汪大眼直盯著我看。

「那個……其實我正在跟賴義豪吃晚餐……」黃芯婷越說越小聲。

從黃芯婷口中聽到這句話，彷彿一枝呼嘯而來的箭矢正中我的膝蓋！

我整個人愣了好幾秒鐘。

看著她害羞卻開心的模樣，我的內心更不是滋味。

「喔，所以咧？」我故作毫不在意的模樣問。

「就……就……」黃芯婷扭扭捏捏地低著頭，支支吾吾了老半天。

見狀，我竟然不耐煩的說：「就怎樣？妳到底講不講啊？不講的話就快滾回去跟他吃飯啊！」

「……」忽然被我一吼的黃芯婷錯愕地看著我。

「啊……」驚覺自己失控了，我也嚇了一跳。

黃芯婷皺著眉，不悅地說：「你幹嘛啊，吃炸藥喔？」

不知道，我自己也不知道……為什麼會失控到如此地步？

紛亂的情緒囚禁了我，莫名的煩躁與憤怒好像草原上的惡火，不停蔓延。

「算了！」黃芯婷就扔下這一句話，轉眼不見人影。

想必是施展瞬間移動回去和賴義豪共進晚餐了吧？

發展如此迅速，再過不久，賴義豪應該也會知道黃芯婷擁有超能力的這件事情吧！

看著空盪盪的房間，空氣中還殘留著黃芯婷的髮香味，螢幕上戀愛遊戲的登入畫面卡了好久，我似笑非笑的哼了一聲，關上螢幕。

「碰！」

文明的方法已經沒辦法紓緩我暴怒的情緒，我將壓抑已久的憤怒化為拳頭，猛捶在無辜的牆壁上。

黃芯婷，妳這個騙子。

根本就不需要我，不是嗎？

只不過是一起讀書罷了，竟然發展得這麼快！

一起逛街之後又是共進晚餐，那麼晚餐結束之後是不是要順便回家〇〇╳╳？

「啊啊啊啊——————」阻止不了自己的胡思亂想，我近乎抓狂的在房間內鬼吼鬼叫。

這時，房門被人粗魯地推開，我嚇了一跳，反射性的轉頭看去，如此暴力的開門方式，該不會又是黃芯婷吧？

不過，應該也只有黃芯婷會這樣開我房間的門。

「藍士仁，我還沒進家門就聽到你在房間鬼吼鬼叫，發什麼瘋？」老媽穿著一身ＯＬ

套裝，公司的文件都還沒收拾好，便急急忙忙跑到我的房間一探究竟。

「媽，妳幹嘛學黃芯婷這樣開門啊？」

開門的人不是黃芯婷，我竟然會感到失落。

不久前，明明是我把她趕走的呀，怎麼又奢望黃芯婷會回來呢？越來越搞不懂自己在想什麼了……

老媽長嘆了口氣，看著我狼狽的模樣，「我哪有學芯婷？倒是你看看你，你這是什麼樣子！」

「怎樣，不錯啊。」我看著鏡中的自己，憤怒、忌妒、頹廢，所有負面情緒爬滿了我的臉，曾經自戀的自己，真面目是如此醜陋。

「和芯婷吵架了嗎？」老媽將公事包放在我的書桌上，坐到一旁。

「沒。」我刻意避開老媽的視線，轉過頭盯著窗外。

老媽沉默了一會，隨後站起走到我身邊，輕輕地撫摸著我的頭，並且溫柔地整理著我凌亂的翹髮。

「你們還年輕，分不清楚什麼是對與錯的選擇，看不清楚自己內心的模樣。」

我從小到大玩過多少戀愛遊戲，這種「對與錯的選擇」，身為戀愛遊戲達人的我，怎麼可能會分不清楚？

「老媽，妳別亂猜啦！」我笑了一下後，試圖撇清誤會，「我只是一時心情不好，明天就恢復了。」

「呵呵，是這樣嗎？」老媽淺淺的笑。

「嗯。」我沒想太多，也很努力從煩躁的情緒裡走出來，「老媽妳吃飯了嗎？」

「還沒呢，今天爸的公司事情很多，忙到我都忘了吃晚餐了。」

「妳去換個衣服吧，我幫妳把文件收好，順便煮碗麵給妳吃！」

「哎喲，哪時候變得這麼孝順啦？」老媽開心的笑。

將公事包放在老媽的工作室內，我慢慢地走下樓梯，最先映入眼簾的是廚房裡空無一人的餐桌，想起前陣子還坐滿了三個人共進晚餐的畫面，心底泛起一絲難過。

趁著老媽回房間休息，我從冰箱拿出一些食材，走到廚房正準備煮碗熱騰騰的麵。

只有我一個人的廚房安靜得嚇人，「轟……」瓦斯爐點燃的聲音更是清晰無比。我將鍋子放上去後，等待鍋內的水沸騰，把握時間洗了青菜。

這時，身後傳來輕輕的腳步聲。

我頭也不回，便說：「妳又要幹嘛？」

「咦！」黃芯婷不敢置信的說：「你怎麼知道是我？」

「那不重要。晚餐還愉快嗎？」我頭也不回的問，只顧著用菜刀切肉。

「你的態度……怎麼會變得這麼奇怪？」黃芯婷的語氣突然變得軟弱，不像平常那樣咄咄逼人。

「沒有啊，我本來就是這樣。」將肉丟進滾沸的鍋內，我用衣服來擦乾濕潤的雙手。

黃芯婷沉默了，我不確定她還在不在身後，而我也不想轉頭去確認。

「以前……我講話支支吾吾的時候……你都不會嫌煩的。」

「突然說這個幹嘛？」我仍背對著她。

「……」

「賴義豪應該也不會嫌煩吧，在他面前妳應該更容易講話結巴。」

「其實，剛剛我就是想和你說……」

感覺黃芯婷的心情很低落，難道是發展得不順利嗎？

還沒得到黃芯婷開口，我轉頭看向她，只見黃芯婷的表情有一絲喜悅和不敢置信的說：「賴義豪……向我告白，問我要不要跟他交往耶！」

全身好像失去活力般，我的雙手無力地下垂擺盪，錯愕與難以接受的情緒湧上，我不敢相信自己的耳朵剛才聽見了什麼。

「妳……說什麼？」

《不可以用超能力談戀愛01》完

番外篇
居然想攻略母猩猩，
你是不是有病啊？

嗨，我是身高一百八十三，長相俊俏、濃眉大眼、五官立體，還擁有深幽如潭的眼眸，彷彿藏著雨天後的風景，憂鬱的瞳孔看得詩人都濕了，每天晚上都被自己帥到失眠、早上帥醒的陽光男孩，藍士仁。興趣是聽音樂、唱歌，運動，任何運動我都喜歡——才怪。

其實我每天晚上都玩電腦遊戲到天亮，頂著黑眼圈與疲憊的神情去上課，任何運動我都討厭，而且一點都不陽光。

爽朗與直率的個性與我完全相反，我的真面目既心機又惡劣，時不時就想捉弄人。之所以扮演完美的陽光男孩，也只因為現實人生就是一場戀愛養成遊戲。

但這些，都不是重點。

在我完美的形象下，任何女性都會被我的魅力所吸引。

無論她們是多麼獨特的個體、不同的性格，我都能以戀愛遊戲達人經驗老道的攻略方式將她們征服。

但是，有件事情我壓根沒想過。

那就是除了黃芯婷以外，居然還有不受我魅力影響，不被我吸引的雌性生物。

番外 居然想攻略母猩猩，你是不是有病啊？

○●○●○●○

「妳就這樣把胸部露出來……我真的很不好意思……」我靦腆地說，臉頰因為眼前那對大胸部而泛紅。

「唔呵、唔呵~吱吱！」露出大胸部的正是一頭壯碩的母猩猩，牠完全不被我的男性魅力所吸引。喔，就某方面來說，牠比我還要MAN啦！

無視我的費洛蒙，母猩猩冷不防地向我揮拳。

「哇——救命啊！」

眼看就要被母猩猩的拳頭打得粉身碎骨時，一道影子拖長金色光芒將我推開。

「碰！」

一聲巨響，母猩猩的拳頭居然將地面砸出了一個坑。

即時搭救我的人正是身材嬌小、臉蛋甜美、個性卻極其惡劣的傲嬌蘿莉——黃芯婷。

她一副看著垃圾的神情，冷笑著說：「居然想攻略母猩猩，你是不是有病啊？」

「不是啊，手無寸鐵的我也只有這招能用了啊，不然該怎麼辦？」我無奈又悲憤地說。

看著周遭茂盛的樹叢、不時有獸吼聲傳出的森林、一望無盡的海岸、蔚藍的天空、刺眼的太陽……沒有任何人類文明的島嶼。

為什麼我們會在這種鬼地方被野生動物追殺啊！

時間回溯到今天早上。

今天是萬眾矚目、期盼已久，戀愛遊戲經典大作——《我的小七妹妹好可愛·暑假篇》上市的日子，據說臺灣首賣的電玩店僅進了一百套限量遊戲光碟、海報。

許多戀愛遊戲迷不眠不休的在電玩店外熬夜排隊、卡位，就是為了買到限量的遊戲光碟。堪稱唯一能與《峽谷末日》匹敵的神作。

這款遊戲究竟有多大的魅力？

假設一億元臺幣和《我的小七妹妹好可愛》這款遊戲兩者讓你二選一，你一定會選一億元，幹廢話。

有一億臺幣我就直接買個一百片收藏啦！

拿起手機、打開電話簿，那些認識我或者仰慕我的人，可能以為我的電話簿裡有上百人的聯絡電話。

但他們絕對想不到……貴為萬人迷的我，電話簿裡只有兩個女人的電話。

一個是我老媽。

一個就是殘暴、恐怖、惡劣的超能力蘿莉，黃芯婷。

說起來，這兩個女人對我來說其實差不多恐怖，一個是用平底鍋家暴我，一個則是用超能力霸凌我。

而我又有些生活上的困難不得不依賴她們，啊~真是悲哀啊，藍士仁！

打給黃芯婷後，話筒那端傳來「嘟嘟嘟——」的撥號聲。今天就是我剛才所說的，生活上不得不依賴黃芯婷超能力的窘境。

那些為了買到遊戲光碟而不眠不休排隊的電玩迷，早在開售前三天就在門口大排長龍卡位，慵懶如我，哪搶得過他們？

當然是拜託黃芯婷大大的超能力「瞬間移動」啦！

電話接通，我壓抑著興奮的心情，用平淡略帶輕快的口音道：「早安啊，芯婷！」

「喔……做作男啊……」

話筒那端傳來黃芯婷甜美的娃娃音卻有些沙啞，很明顯是還在睡夢中被吵醒。

她講話速度極慢，呆滯了許久才緩緩地說：「……幹嘛？」

「什麼幹嘛？」她居然把這麼重要的日子給忘了，我有些惱怒：「今天是《我的小七妹妹好可愛・暑假篇》首賣日耶！剩下半小時就要開賣了，妳不是要用瞬間移動帶我進去店裡嗎！」

「……抱歉。」

黃芯婷不知道是不是睡糊塗了，居然大方認錯。

接著她說：「那種垃圾不要買也罷，只會讓你的頹廢人生更頹廢，不如你就趁著今天去了解一下自己屬於可燃還是不可燃垃圾……抱歉。」

這麼惡劣的抱歉我還是第一次聽到。

「唉，不管啦！」我氣急敗壞地對著電話喊道：「妳趕快過來，時間不多了！」

「為什麼好好的假日……我非得早起，帶你去買遊戲光碟不可啊？」黃芯婷抱怨道。

「因為妳想知道賴義豪的攻略方法就必須靠我而我為了維持戀愛遊戲達人的頭銜就必須不斷的玩戀愛遊戲懂嗎？」我既迅速又清楚地說出一連串的話，且臉不紅、氣不喘。

聽到了「賴義豪」這三個關鍵字，黃芯婷愣了一下，這才清醒地吼道：「吼，好啦！」

「很好！」

掛上電話，我瞥向牆上的鬧鐘，嗯，還有二十五分鐘，應該是來得及。

念頭一轉，黃芯婷竟然已經出現在我的房間裡，而且身穿可愛的小洋裝，乳白色的洋裝搭配黑色蝴蝶結，甜美指數爆表，還有裸肩上的黑色細繩，彷彿緞帶般依附在黃芯婷白裡透紅、水嫩的肌膚上，看得我出了神，挪不開視線。

那有點蓬鬆的裙底，是黃芯婷纖細的雙腿，膝蓋上有些紅潤，不知道為什麼更令人覺得性感，而那雙夾著可愛花朵的涼鞋露出整齊乾淨的腳趾，連我都忍不住想被黃芯婷那小小的腳丫子踩踩看。

啊，冷靜！藍士仁，雖然她的外表有如外國洋娃娃般夢幻動人，但骨子裡還是惡劣、殘暴、凶猛的蘿莉啊！

「好快啊！」我讚道。

只見黃芯婷皺著眉，沒好氣的說：「什麼嘛！你不是一直在催人家？」

「喔，對！我們出發吧！」

我自動地把手搭在她的肩膀上，這個瞬間移動可真方便，只要碰到施術者本身，就能一起穿梭空間，來去自如。

「嗯！」黃芯婷閉上眼，輕輕地吸了一口氣。

短短幾秒的時間，偏偏被我看見了……

或許是太趕著出門的關係，黃芯婷居然忘了穿胸罩！

透過洋裝與肌膚的縫隙，我彷彿看見黑暗深淵中一丁點粉紅花園，這讓我差點失血過多而死。

「黃、黃芯婷，妳……」

我準備告訴她這件事情時，只見她不耐煩地說：「幹嘛啦，我要施展瞬間移動了！」

「妳妳妳忘了穿胸罩啦！」

「呀啊啊啊啊——————！」

○●○●○●○

番外 居然想攻略母猩猩，你是不是有病啊？

這是我第一次經歷那麼難受的「瞬間移動」，過程和以往截然不同，原本一轉眼就到達目的地，這次的瞬間移動卻猶如一年之久，感覺四肢抽離了身體，頭昏腦脹，不斷反嘔。

幾番折騰，終於停下了難受的感覺。

睜開眼睛一看，我本來以為會看見琳瑯滿目的電玩商品、人山人海，以及搶購限量遊戲的隊伍。

誰知道，看見的居然是……

一座高山，一片森林，長度及腰的草叢，海風狂嘯，波濤洶湧，浪花還能噴濺到幾公尺外的我身上。天空是如此的蔚藍，太陽是如此的刺眼，我和黃芯婷都沉默了，只聽得見海鷗鳴叫聲、海浪拍打聲，以及森林裡不知道是什麼野獸發出來的吼聲。

這裡，怎麼看都不像電玩店。

這哩，怎麼看都像是個無人島。

「這裡是哪裡啊？大姐！」我近乎抓狂，面孔扭曲地說：「只剩下不到一分鐘就要開賣了耶！妳帶我來這種鬼地方幹嘛啊！度假嗎？」

「我、我又不是故意的！」黃芯婷不悅地說，擺著一張臉、嘟起小嘴。

「好，不怪妳。」我試圖讓自己冷靜，就算不是第一波搶購，只要趕在第二波開始前，還是能買到限量的遊戲光碟。我緩和語氣說：「那，我們現在回去，OK嗎？」

「不OK。」黃芯婷面無表情。

聽到她這麼爽快的答應，我才鬆了口氣，伸手要搭在她肩膀上，「嗯，那麼走……什麼不OK！」

「我的超能力用盡了，沒辦法瞬間移動。」黃芯婷嘆了口氣，雖然神情淡定，語氣卻不像是在撒謊。

我目瞪口呆，窘著一張臉，不敢置信地說：「妳、妳在開玩笑吧？」

「真的。」黃芯婷紅著臉頰，扭動她嬌小的身體，支支吾吾地說：「誰叫你剛剛突然說那什麼話……害我沒有拿捏好瞬間移動的距離……」

「天啊，這樣我不就……買不到限量的遊戲光碟了？」我抱頭痛哭。

黃芯婷冷笑，沒好氣地說：「還有心情想遊戲光碟？我們能不能回去都不知道呢！」

「什麼意思？」我不解，「超能力不是等一下就能恢復了嗎？」

黃芯婷搖了搖頭，解釋道：「這種超距離的瞬間移動太耗費能量了，下次恢復到能使用瞬間移動恐怕要等……」

「一天？兩天？一個禮拜？」

「一個月。」

「一個月！我們一個月，三十天都要住在這種無人島上？沒有電腦、沒有戀愛遊戲的無人島上？」

「囉唆，還不是你亂說話的關係！」黃芯婷惱羞成怒吼道。

「不是啊，妳自己忘了穿胸罩露出奶頭，我好心告訴……」

「啪！」

「抱歉。」我淚流滿面，輕撫著紅腫的臉頰。事實證明，黃芯婷就算失去超能力，仍是不影響她暴力的舉止。

「不用擔心，其實我的超能力也不是完全失去。」黃芯婷說著，面無表情地看向一旁的草叢。

「？」我皺眉，不懂她的用意，為什麼要突然看向沒有任何東西的草叢？

下一秒，我才發現我又錯了。草叢突然一陣躁動，竄出一隻滿身花紋的豹，張牙舞爪，以驚人的速度衝向我們兩人。

花豹？居然真的是花豹！

不要騙我沒看過國家地理頻道啊！為什麼這種無人島會有花豹啦！

「吼！」

花豹殺氣騰騰地咆哮一聲，張嘴咬向黃芯婷。

只見黃芯婷眼睛一瞪，花豹就這麼定格在空中、動彈不得。

「帥啊，妳的念力還能使用！」我讚道，這下安全了。

被定格在空中的花豹不斷鬼吼，完全不知道發生了什麼事，反而讓牠更慌張，四肢拚命揮舞，對著黃芯婷不斷地咬牙切齒。可惜，在超能力面前花豹就如花貓一般可愛，毫無威脅性。

「該怎麼處理牠？」黃芯婷問。

我看著周遭的樹叢，不自覺地嚥下口水，直呼：「把牠扔到海裡吧，如果丟回森林一定又會找機會偷襲我們。」

丟到海裡，即便不會游泳也會被海浪打回島嶼。

番外 居然想攻略母猩猩，你是不是有病啊？

「吼、吼、吼！」花豹不斷怒吼，張著嘴巴十分凶惡。

嗯，看牠活蹦亂跳的，在海裡游個泳應該不至於溺死。

「好吧。」黃芯婷一轉頭，花豹就像是被娃娃機夾著的娃娃，毫無反抗之力，就這麼被扔到了海面上。

「撲通！」一聲落進海裡，水花四濺。

「快點走吧，等牠游回來我們也早就走遠了。」我牽起黃芯婷的手，想趕緊離開這裡。

就在此時，發生了令黃芯婷和我停下腳步、目瞪口呆的一幕，原本還在海面上掙扎的花豹，突然被從海底衝出的大白鯊一口吞下肚。

而那隻大白鯊少說有一艘郵輪那麼大，噴濺出的海水灑到好幾公尺外的我們身上，大白鯊落入海面的那瞬間，我彷彿還能感受到大地的震動。

「這……」連好萊塢電影都不太可能拍出那麼巨型的大白鯊，因為實在太瞎了，牠的存在恐怕連生物學家都難以解釋吧。

「這、這裡到底是哪裡啊？不是臺灣附近的無人島嗎？」我嚇得兩腿發軟，不自覺的跌到了地上。

「我、我我我我……怎麼知道啦！」黃芯婷也被嚇得語無倫次，想必這也是她第一次看到如此巨大的大白鯊，就算有超能力也不會想跟大白鯊正面衝突。

「還是……趕快離開這裡好了，海邊太危險了！」我嚥下口水，拉著黃芯婷的小手走進森林。

森林裡雜草叢生，周遭環繞著高聳的大樹，滿地昆蟲一個比一個還大隻，完全就是一個未開發過的原始森林，我敢說這座無人島至今沒被任何人類發現過。

我和黃芯婷絕對是第一個登陸的人。

四面八方傳來的獸吼聲，千奇百怪，有的低沉恐怖、有的高得刺耳。抬頭望去，天空被樹葉遮蔽，只透些陽光下來，若到了晚上一定非常駭人。

枝頭上飛來飛去的鳥類多是沒見過的品種，就連松鼠都大得嚇人。

「還好我曾經玩過《我與小貝之漂流無人島》這款遊戲，大概知道不幸罹難於無人島時該怎麼做。」我邊說著，環顧周遭，這裡比遊戲裡的森林更來得原始，大樹的根部已經粗到可以擋下一輛汽車。

「該怎麼做？」

黃芯婷雖然故作鎮定，不過卻不難看出其實她還是有點害怕。即使有超能力，到了陌生又恐怖的環境，任誰都會感到不安吧？

「首先，我們必須走到岩壁找個山洞之類的，然後確保食物來源，最好是能準備一些枯枝作為柴火，避免野獸在晚上時偷襲。」我說。

「……想不到你懂的滿多的嘛。」黃芯婷張大眼看著我，嘖嘖稱奇。

「這就是妳的刻板觀念啦！大多人以為宅在家裡玩電腦的宅男多半與生活脫節，其實啊，電腦與遊戲裡的資訊及知識多得嚇人，可不是現充能理解的範圍！」

「喔。」黃芯婷顯然毫無興趣。

森林裡雖然不停傳來野獸的低吼聲，不過目前為止還沒有半頭野獸衝出來。

隨著時間一分一秒過去，我們長途跋涉，終於來到了岩壁旁。

「真幸運，岩壁旁還有瀑布。」我擦著額頭上的汗水，此時我們兩人已經滿身淤泥，髒兮兮的。

瀑布從看不見頂的山壁流下，好像拉長的銀絲那般動人、絢麗，如此壯麗的風景，怪不得彩虹賴著不肯消失，而瀑布底下掀起的浪花，河流清澈可見我們的倒影。

這裡雖然是個原始未開發的森林，換個角度想，也是個沒被人類汙染的世外桃源吧！

「水源有了，但是這裡根本沒有山洞啊！」

黃芯婷嘟起嘴，好像沒有山洞是我害的一樣，女生的邏輯真的有點奇怪欸。

我嘆了口氣：「大自然就是這樣啊，沒有山洞就沒有山洞，怪我喔？」

「哼，結果還不是要靠我！」黃芯婷挺起扁平的胸部，得意地說。

我大感困惑，「靠妳什麼？」

「碰！」

還沒反應過來，只見黃芯婷小小的拳頭彷彿黃色炸藥般，在山壁上轟出了一個大坑，大地因此搖晃了數秒，抬頭望去一群被驚動的鳥類發出嘎嘎怪聲，飛離鳥巢。

「這樣的深度應該可以了吧？」黃芯婷拍了拍手上的灰塵，此時岩壁上出現了一個房間大小的坑洞，周遭滿是被轟碎的落石。

「是可以啦，不過一堆石塊是要怎麼進去？」我問。

「扔了就好啊，問這什麼蠢問題！」黃芯婷噗哧笑道，好像我是白痴似的。只見她輕鬆舉起比她體積大上十倍的石塊，像是扔紙團般，丟得好遠好遠。

不是我白痴啊，正常人怎麼可能把這種大石塊當躲避球丟啊！

「最後一顆，嘿咻！」黃芯婷將山洞內最後一顆石塊向森林裡扔去。

「碰！」應聲被石塊砸中的大樹倒下。

啊……仔細想想，對於生活在森林裡的野生動物而言，剛才黃芯婷扔石塊時，是不是就像被戰鬥機轟炸般，嚇得魂不守舍呢？

嗯，黃芯婷被稱為迷你型核能自走炮也不為過吧！

「嗯，接下來我們去找食物和枯……」

我的話說到一半，黃芯婷突然瞪大眼睛、張著嘴，不發一語。

「怎……」

「小心！」黃芯婷表情大變，將我拉進山洞裡。

還沒回過神來發生了什麼事，轟然一聲巨響，「碰！」震得我驚慌失措，地面搖晃，山洞剝落許多石塊與灰塵，將我們弄得渾身石灰、狼狽不堪。

「怎麼回事啊！」我嚇得東張西望，以為大白鯊長了腳爬上岸找我們了。

「……」黃芯婷表情嚴肅，慢慢地走出山洞外。

我跟在她腳步後方走出洞口。

眼前又是令人目瞪口呆的一幕，剛才被黃芯婷扔出去的石塊，竟然被扔了回來？

而且是針對我們兩人，石塊就這麼砸在山洞上方，差點將我們砸成肉餅。

「呃，黃芯婷……」我嚥下口水，戰戰兢兢地問。

黃芯婷轉頭看向我，她的神情十分嚴肅，想必她也猜不透究竟是誰將石塊扔了回來。

「怎樣？」

「妳剛剛丟的是迴力鏢嗎？所以石塊自己飛回來……」我多希望黃芯婷扔了迴力鏢。

「怎麼可能，你是白痴嗎？」黃芯婷說道。

「我想也是……」嚥下不安的口水，我實在不敢去想……

究竟，是什麼生物有如此般的怪力，將那麼巨大的石塊扔了回來？

天色轉暗，不一會工夫便到了傍晚。

黃芯婷利用超能力遠觀，這幾個小時海邊完全沒有經過任何船隻，天空也沒有飛機的蹤影，這裡完全是個與人類隔絕的無人島嶼。

我們收集了不少果實、菇類，還有枯枝作為柴火，勉強能在山洞裡度過幾天。

「這樣柴火應該就夠了。」我揹起一捆枯枝，這些再加上不久前收集的，應該夠我們撐過夜晚。

黃芯婷嘟起嘴，困惑地問：「明明讓我揹就好了啊，對我來說那捆柴火就跟衛生紙一樣輕耶。」

「不用啦，好歹我也是男生啊，而且……」我嘆了口氣，直說：「妳還是趕緊儲存能量，好讓我們能回去都市比較實在啦。」

「嗯，那也要你活得過這一個月。」黃芯婷笑道。

看著她甜美臉蛋上燦爛的笑容，這個小蘿莉明明笑起來那麼可愛，為什麼總擺著一張臭臉呢？

「轟隆！」

突然雷吼咆哮，響徹雲霄。隨即下起一陣滂沱大雨，轉眼將我們兩人淋成落湯雞、渾身溼透。

我們加緊腳步，趕快回到山洞裡。罹難時感冒，情況就會變得十分危險，因為這種無人島不可能有藥物及醫生。

不過，我卻突然放慢腳步，淋浴在傾盆大雨中。

「你幹嘛突然走那麼慢？」黃芯婷溼透了長髮，瀏海緊貼著那張白皙的臉蛋。

我張開雙臂擁抱大雨，直呼：「幹，就算沒有醫生，還有妳的超能力可以醫好感冒啊，我怕屁？」

「白痴，隨便浪費超能力，看來你是想一年後再回臺灣了！」黃芯婷罵道。

「對吼！」我虎軀一震，這可不是鬧著玩的。於是兩人加快腳步回到山洞。

我們兩人全身溼透、冷得發抖，推放枯枝後，黃芯婷將手掌靠向枯枝，「火焰！」

「轟！」應聲一道熊熊烈火燃起，點燃了堆放的枯枝。

「啊～這下暖和了，超能力真方便。」我脫下溼透的上衣說道。

「哼哼，還不多虧你是和我一起罹難，如果是別人，恐怕你已經被野獸吃掉了！」黃芯婷得意地說，習慣性地挺起扁平的胸部。

我是滿習慣她得意忘形的時候了啦～

只是、只是……這陣滂沱大雨把我們淋個徹底、全身溼透透，黃芯婷身上那件乳白色小洋裝也溼得一塌糊塗，加上她完全忘了自己沒穿胸罩這件事情。

挺著胸部這個姿勢，完全將那個粉紅色的花園展露出來，若隱若現又好似清晰無比，我完全沒有反應時間，衝擊性的畫面便重擊了我的腦袋，瞬間鼻血如噴泉般湧出。

「你怎麼了？」黃芯婷問道。

她那張可愛的臉蛋貼著濕透的金色長髮，小洋裝下若隱若現的胴體，被雨水浸濕的裙襬緊貼著纖細白皙的大腿，整個模樣性感至極，身為男性我實在很難把持。

我緊捏著鼻子避免不斷失血，撇過頭說：「妳……妳先把衣服烤乾吧。」

黃芯婷聽了我的話，反射性地低下頭一看，這才發現自己身材畢露，什麼粉紅花園都被我看光光了。

寂靜的一秒後，黃芯婷臉頰飛紅、害羞得頭殼冒煙。硬了。

黃芯婷的拳頭硬了。

「呀啊啊——你這死變態！」惱羞成怒的黃芯婷尖叫一聲，朝我揮拳。

「哇！我又不是故意的……」正當我要被她痛毆時，巨響聲從山洞外傳來，一陣劇烈的晃動，嚇得我們神情大變。

「吼喔～唔呵！」

野獸的低吼聲從洞口傳來，隨即又是一陣狂暴的亂搥。

山洞內不斷晃動，灰塵、碎石落下，我嚇得慘叫，黃芯婷則迅速衝出山洞。

「到底是怎麼回事啊……」

緊跟著黃芯婷的腳步，我也走出了山洞外，只見月光下，背景是烏漆抹黑的森林，映在眼前的是足以遮蔽天空的巨大野獸。

一隻全身肌肉、表情凶暴的大猩猩——說是金剛比較貼切。

「唔喔喔喔！」

大猩猩猛搥自己的胸膛，撿起石塊毫不猶豫地往我和黃芯婷砸了過來。

「碰！」

黃芯婷毫不畏懼，出拳將飛來的石塊擊碎，碎片像散彈般朝四周噴射，我則嚇得屁滾尿流，只能到處亂竄。

番外 居然想攻略母猩猩，你是不是有病啊？

「那隻大猩猩是怎麼回事啊？」我趴在地上慘叫：「沒事幹嘛攻擊我們！」

「……恐怕是來尋仇的。」黃芯婷臉色凝重地說。

「尋仇？尋什麼仇，我們才剛到島上第一天欸！」

「你看牠頭上的傷痕，應該是白天時我扔石塊不小心砸到牠了吧。」

好像說中了一樣，大猩猩更是憤怒地搥打胸膛，四肢落地狂奔，直撲向黃芯婷。

在我眼前，就好像一輛大卡車要輾過一隻小貓一樣，儘管知道黃芯婷擁有所向披靡的超能力，但是這種體積差距懸殊的場面，仍是讓人看得怵目驚心。

「臭猩猩，不要太囂張啦！」黃芯婷用甜美可愛的娃娃音吼道，完全沒有魄力。

黃芯婷念力發動，大猩猩狂奔的腳步突然煞住，只見大猩猩的表情猙獰、口水直流，就算被念力束縛住了，仍是野性十足，狂暴地想掙脫。

「唔……好大的蠻力！」

第一次見到黃芯婷的念力不起作用，竟然沒辦法完全將大猩猩束縛住，反而是自己吃力得渾身顫抖。

「吼啊！」大猩猩怪吼一聲，掙脫了念力的束縛，猛一拳砸向黃芯婷。

「嘖！」不甘示弱的黃芯婷在大猩猩的拳頭下有如幼貓般渺小，卻還是揮出拳頭與那頭大廈般的大猩猩來個正面對決。

「碰！」一聲巨響，衝擊彷彿劃破了空氣，大地震動，連我都站不穩的趴在地上。

雙方的力量竟然不分軒輊，彼此都沒有後退一步，反而是收起拳頭，再次揮拳較勁。

「碰、碰！」

接二連三的力量較勁，壓力之大，導致地面龜裂，居住在森林的動物們也嚇得到處逃竄。科幻電影般的情結就在我眼前活生生上演。

「唔……呼啊、呼呼啊……」黃芯婷不知道是否超能力使用過度，幾回合的較勁後，竟然喘得上氣不接下氣。

相較之下，那頭大猩猩還是生龍活虎，還能示威般搥打自己的胸膛。

「！」

突然，大猩猩一個冷不防的高高躍起、朝黃芯婷踩下，試圖將她壓成肉餅。

所幸黃芯婷反應之快，用盡所有力氣使出短距離的瞬間移動，及時閃過了大猩猩的泰山壓頂。

番外 居然想攻略母猩猩，你是不是有病啊？

「咚！」一聲巨響，地面龜裂崩陷，可見力量之大，大猩猩就好像移動式炸彈般，將所到之處都砸個稀巴爛。

「糟了，沒有超能力了！」黃芯婷汗流浹背、氣喘如流，剛才的瞬間移動已經用盡了她所有的超能力。

「喂，你這頭奶子外露的大猩猩！」我吼道，趁著黃芯婷和大猩猩決鬥時，從山洞裡拿出火把。據我所知，野生動物們最怕的就是火焰，所幸大雨沒有將手中的火把澆熄，我像是著了魔似的，完全不畏懼大猩猩一拳將我砸扁，反而不斷衝向大猩猩。

火把似乎見效了，大猩猩有點嚇到，大退三步。

「還不快滾，當心我燒死你啊！」我怪叫道，朝大猩猩揮舞手中的火把。

只見大猩猩又氣又惱，害怕得不知道該攻擊還是退後，只能不斷對我咆哮、搥胸恐嚇，一會又舉起拳頭作勢攻擊，見狀我也嚇得拚命揮舞火把，牠才又向後大退一步。

僵持了好一會，大猩猩這才放棄，調頭離開。

「呼……」見大猩猩的身影完全消失在黑暗森林之中，我這才吐了口濁氣。

黃芯婷還撐著膝蓋喘氣，不敢置信地看著我。

「妳、妳是笨蛋嗎？」拉著黃芯婷走回山洞，我劈頭就罵。

黃芯婷張大著嘴，直呼：「什麼？」

「為什麼要跟那種怪物硬碰硬對決？妳覺得自己有超能力就無敵了是嗎！」

「我是為了救你耶！」

「趕走野生動物的方法有很多啊，火把就是最有效的，何必冒險啊！」

「你、你……」黃芯婷氣得朝我臉頰痛毆一拳。

「碰！」

一聲傳入耳內，還以為我又會被揍得眼冒金星，誰知道這拳頭竟然軟弱無力，完全不痛不癢。

「……」我和黃芯婷面面相覷，沉默許久。

「妳是不是……沒超能力了啊？」

「……要你管，一個月後就能恢復了。」黃芯婷縮起雙腿、環抱著膝蓋坐在一旁，還刻意和我保持距離。

「嗯，我懂了。」我站了起來，走向山洞門口。

黃芯婷皺眉，不解的問：「你要幹嘛？」

「失去超能力的妳，只是普通的小女生罷了。」我拿著火把，望著山洞外烏漆抹黑的森林，接著說：「接下來這個月，在妳恢復超能力之前——」

「我會保護妳的。」

「所以放心的休息吧，我來守夜。」

「……笨蛋，明明弱小得要命，居然說想保護我……」黃芯婷嘟嘴道。

「嗯？妳說什麼？」

「沒事啦，我要睡覺了！」

儘管睡意濃厚，我還是緊盯著洞口，就怕有頭野獸突然闖了進來。累了，轉頭看向逐漸燒盡的枯枝，微弱的火光映著黃芯婷的睡臉。真是奇怪，明明罹難了，又失去超能力，居然還能笑著入睡？

經過漫長的夜晚，終於到了白天。

趁著黃芯婷還在睡覺，確保周遭安全後，我收集附近沒有被雨水淋濕的枯枝，準備升火，試圖利用濃煙吸引碰巧經過的飛機或者被衛星拍到。

「一個月啊……不用扮演陽光男孩，其實也不錯啦。」撿起枯枝，我喃喃自語道。

就在這時，轉角出現一棵奇怪的大樹，長滿了黑色的粗毛，上頭也沒有任何果實。

「這是什麼樹啊？」撿枯枝的途中，有不少樹，而這種長毛的樹，還是第一次看到。

陽光太過刺眼，抬頭看不見樹的頂端，只看見樹上隆起兩處詭異的肉球。

「那是三小？果實嗎？」我瞇起眼想看得更仔細。

就這樣端倪了幾秒鐘，我發現這棵樹竟然長了一對胸部。

「幹！」我嚇得將手上的東西全部扔掉，這根本不是一棵樹，而是昨晚那隻大猩猩！

「唔——吼吼！」

大猩猩猛打地面，碎石噴濺，我嚇得臉色蒼白，連滾帶爬地四處逃竄。

原本想逃回山洞，但是想到失去超能力的黃芯婷，若是我將大猩猩引回去，只會連累到她。沒辦法，只好朝山洞的反方向跑。

大猩猩也很識相地追了過來——噢，拜託不要追啊！

沿路的樹木被大猩猩輕而易舉地推倒，我逃得狼狽，先是跳過粗大的樹根，被石頭絆

番外 居然想攻略母猩猩，你是不是有病啊？

倒後又爬起來拚命逃，然後撞過蜘蛛網、黏了一身白絲，大猩猩還是窮追不捨，最後我被逼上了絕路。

我已經揮汗如雨下、氣喘如牛，一步也跑不動了，背後是海，海底有隻郵輪般的大白鯊，前方則是大廈似的母猩猩，這下子死定了。

「……沒辦法，只能死在這裡了。」我實在哭笑不得，事到如今，萬事休矣。

又想到……黃芯婷那麼相信我，而我也答應會保護她，直到超能力恢復。

我怎麼能背信、怎麼能讓她失望？

「我還有絕招啊！」不肯放棄希望，我立刻整理髮型、清掉臉上的灰塵淤泥。

沒錯，戀愛遊戲達人……

只要對方是雌性，我就能攻略！

「妳就這樣把胸部露出來……我真的很不好意思……」我靦腆地說，臉頰因為眼前那對大胸部而泛紅。

「唔呵、唔呵~吱吱！」露出大胸部的正是一頭壯碩的母猩猩，牠完全不被我的男性魅力所吸引。喔，就某方面來說，牠比我還要MAN啦。

無視我的費洛蒙，母猩猩冷不防地向我揮拳。

「哇──救命啊！」

眼看就要被母猩猩的拳頭打得粉身碎骨時，一道影子拖長金色光芒將我推開。

「碰！」

一聲巨響，母猩猩的拳頭居然將地面砸出了個坑。

即時搭救我的人正是身材嬌小、臉蛋甜美、個性卻極其惡劣的傲嬌蘿莉──黃芯婷。

她一副看著垃圾的神情，冷笑著說：「居然想攻略母猩猩，你是不是有病啊？」

「不是啊，手無寸鐵的我也只有這招能用了啊，不然該怎麼辦？」我無奈又悲憤地說。

「當然是交給我啦，白痴。」黃芯婷好氣又好笑的說。

我被黃芯婷抱著奔跑，感覺亂奇怪的，「妳、妳超能力恢復了？」

「對啊，我也很奇怪……」黃芯婷想起昨晚的事情，不知為何傻笑了一下，「總之，謝謝你保護了我一個晚上……」

黃芯婷露出陽光般，燦爛、甜美的笑容，是當初那個最吸引我的笑容。

「現在換我保護你了！」黃芯婷說道，接著將我在安全的地方放下。

番外 居然想攻略母猩猩，你是不是有病啊？

「等、等等，妳又打算和大猩猩單挑嗎？」我不安的問。

黃芯婷舉起纖細的手臂，握起那小小的拳頭，「我的超能力，完完全全恢復了。明明需要一個月的時間才能完全恢復，不知道為什麼一夕間全部恢復了，只記得……昨晚聽到你說的話之後，心裡真的，很開心、很開心。」

這時母猩猩又向黃芯婷鬼吼，故技重施，高高跳了起來，企圖將黃芯婷踩扁。

「念力。」

一開始，黃芯婷的念力無法將大猩猩完全束縛。

這次，恢復超能力的黃芯婷，果然是——所向無敵！

大猩猩就這麼被定格在空中，像是一開始偷襲我們的花豹一樣，完全動彈不得，任憑大猩猩怎麼鬼吼鬼叫，四肢神經卻像被斬斷般，絲毫無法動彈。

「無論看幾次，妳的超能力實在是太猛了。」我不自覺地讚道。

那隻大廈般的猩猩真的束手無策，就這麼被黃芯婷的念力輕輕鬆鬆扔到海裡。

「撲通！」一聲悶響，海水倒灌般沖向海岸，大猩猩則在海面上不停掙扎。

下一秒，大白鯊出現，我們都知道會發生什麼事。

「唔吼❤」

「❤」

大猩猩和大白鯊一見鍾情了。

「喂喂喂——這是什麼詭異的發展啊？」我看著大猩猩趴在大白鯊背上，露出幸福的神情。

黃芯婷才不在乎這些呢，她伸出小手，對我微笑地說：「欸，你還要去買限量的遊戲光碟嗎？」

「喔，當然啊。」我牽起她的手。

有這麼一瞬間，真希望……

在黃芯婷追到賴義豪之前，我能這樣，一直、一直的依賴著她。

○●○●○●○

「不好意思喔，小七妹妹暑假篇在昨天已經賣完了。」

「真的假的啊？唉！怎麼會這樣……」

「這位小帥哥別難過，還有一款遊戲也十分特別喔！」

「什麼遊戲？」

「《大白鯊與大猩猩的奇幻之戀》。」

「幹！」

番外《居然想攻略母猩猩，你是不是有病啊？》完

敬請期待《不可以用超能力談戀愛02》精采完結篇！

vol.01
紅心大冒險
Hearts Dreamland
Novel & Illust 重花
羊角書系第二彈
輕小說插畫名家——重花（麻紀）老師
繼《神臨誌記》再次挑戰長篇小說！
好奇心爆棚的少女遇上了在圖書館出沒的紅心王子
一場在現世與異界穿梭的奇幻旅程就此展開——
您，準備好與重花老師一起遨遊鏡之國了嗎？
典藏閣
華文聯合出版平台
www.book4u.com.tw
采舍國際
www.silkbook.com
不思議工作室_
立即搜尋
版權所有© Copyright 2015

天罪 NOVEL
ILLUST 夜風
打工勇者
輕小說黃金組合，天罪＆夜風再度攜手！
「請問，你想不想當勇者？」
打工少年莫浩然突然被異界法師召喚，
為了拯救被困的大法師，少年踏上了勇者之路。
沒料想一到了異界，少年就成了不男不女的少女（咦？）
傑洛：不是少女，你只是沒有小雞雞！
前所未有的異世界冒險物語，就此上演！
典藏閣
華文聯合出版平台
www.book4u.com.tw
采舍國際
www.silkbook.com
不思議工作室
立即搜尋
版權所有© Copyright 2015

SUMMONER
召喚師物語
01
召喚師物語
02
召喚是混亂的根源
召喚師物語
03
召喚師物語
SUMMONER

網遊系作者蒼濤★超新星繪師生鮮P、touko聯手打造經典虛擬網遊世界
幻魔
Shaswahn Story
Online II
降世
返創世★
我們在這裡等你
「我一直都在，在哥哥心裡，在哥哥的回憶裡。」
扉空從崩潰中重新站起，回歸那座美麗的世界，
踏上青玉曾走過的旅程，沒想到看見的竟是……!!!
「哥哥，請你，一定要過得幸福。」
「扉空哥，我不怕被吃豆腐，來抱著我哭吧！」
「科斯特～I ♡ YOU～」
全套七集，全國各大書店、
網路書店、租書店，持續熱賣中！
勇敢迎向未來——
新旅途、新朋友、新世界，遊戲重新啟動！
典藏閣
華文聯合出版平台
www.book4u.com.tw
采舍國際
www.silkbook.com
不思議工作室_
立即搜尋
版權所有© Copyright 2015

羊角系列 003

不可以用超能力談戀愛 01

出版者■典藏閣

作　者■南門椅子　繪　者■Flyking

總編輯■歐綾纖

製作團隊■不思議工作室

郵撥帳號■50017206 采舍國際有限公司（郵撥購買，請另付一成郵資）

台灣出版中心■新北市中和區中山路 2 段 366 巷 10 號 10 樓

電　話■(02) 2248-7896　傳　真■(02) 2248-7758

物流中心■新北市中和區中山路 2 段 366 巷 10 號 3 樓

電　話■(02) 8245-8786　傳　真■(02) 8245-8718

ISBN■978-986-271-626-7

出版日期■2015 年 9 月

全球華文國際市場總代理／采舍國際

地　址■新北市中和區中山路 2 段 366 巷 10 號 3 樓

電　話■(02) 8245-8786　傳　真■(02) 8245-8718

新絲路網路書店

地　址■新北市中和區中山路 2 段 366 巷 10 號 10 樓

網　址■www.silkbook.com

電　話■(02) 8245-9896

傳　真■(02) 8245-8819

☛您在什麼地方購買本書？☚

1. 便利商店(________市／縣)：☐7-11 ☐全家 ☐萊爾富 ☐其他____________

2. 網路書店：☐新絲路 ☐博客來 ☐金石堂 ☐其他__________

3. 書店(________市／縣)：☐金石堂 ☐蛙蛙書店 ☐安利美特animate ☐其他____

姓名：________ 地址：______________________________

聯絡電話：____________ 電子郵箱：____________________

您的性別：☐男 ☐女 您的生日：西元________年________月________日

（請務必填妥基本資料，以利贈品寄送）

您的職業：☐上班族 ☐學生 ☐服務業 ☐軍警公教 ☐資訊業 ☐娛樂相關產業

☐自由業 ☐其他__________

您的學歷：☐高中（含高中以下） ☐專科、大學 ☐研究所以上

☛購買前☚

您從何處得知本書：☐逛書店 ☐網路廣告（網站：____________） ☐親友介紹

（可複選） ☐出版書訊 ☐銷售人員推薦 ☐其他________________

本書吸引您的原因：☐書名很好 ☐封面精美 ☐書腰文字 ☐封底文字 ☐欣賞作家

（可複選） ☐喜歡畫家 ☐價格合理 ☐題材有趣 ☐廣告印象深刻

☐其他________________

☛購買後☚

您滿意的部份：☐書名 ☐封面 ☐故事內容 ☐版面編排 ☐價格 ☐贈品

（可複選） ☐其他

不滿意的部份：☐書名 ☐封面 ☐故事內容 ☐版面編排 ☐價格 ☐贈品

（可複選） ☐其他

您對本書以及典藏閣的建議______________________________

____

____

✌未來您是否願意收到相關書訊？☐是 ☐否

✎感謝您寶貴的意見✎

印刷品

$3.5
請貼
3.5元
郵票
不思議信箱
FUSIGI POST

235 新北市中和區中山路二段366巷10號10樓

華文網出版集團　收

（典藏閣－不思議工作室）

不可以用超能力談戀愛 01

NOVEL 南門椅子

ILLUST Flyking